로크미디어가
유혹하는
재미있는 세상

ROK
MEDIA
로크미디어

개혁곡

개혁 군주 8

2022년 7월 15일 초판 1쇄 인쇄
2022년 7월 20일 초판 1쇄 발행

지은이 이윤규
발행인 김정수 강준규

기획 이기헌 왕소현 박경무 강민구 조익현
책임편집 최전경
마케팅지원 이원선

발행처 (주)로크미디어
출판등록 2003년 3월 24일
주소 서울시 마포구 성암로 330 DMC첨단산업센터 318호
Tel (02)3273-5135 **편집** 070-7863-8592 **Fax** (02)3273-5134
홈페이지 rokmedia.com **E-mail** rokmedia@empas.com

ⓒ 이윤규, 2022

값 8,000원

ISBN 979-11-354-7375-3 (8권)
ISBN 979-11-354-7367-8 04810 (세트)

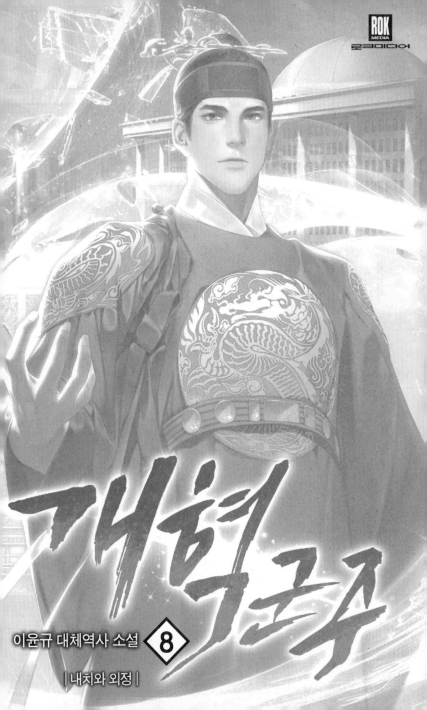

ROK
MEDIA
로크미디어

개혁군주

이윤규 대체역사 소설 ⑧

| 내치와 외정 |

차례

개척이 시작되다

서귀포조약을 마치고 한 달 후.

한양 운종가를 비롯한 전국의 장터마다 몇 명의 군인이 몰려왔다. 장시에 나와 있던 백성들의 시선이 모조리 이들에게 쏠렸다.

군인들은 길목 중앙에 팻말을 박았다.

뚝딱! 뚝딱!

그러고는 정음으로 된 문서를 붙였다. 그것을 본 백성들이 모여들 즈음 군인 한 명이 소리쳤다.

"이보시오, 여러분! 모두 이리로 모여 보시오! 세자 저하께서 우리 백성들을 위한 포고문을 발표했소이다!"

세자의 포고문이란 소리에 사람들이 순식간에 몰렸다. 갑자기 몰려든 군중으로 인해 군인들이 오히려 주눅 들 정도였다.

그것을 본 누군가 소리쳤다.

"세자 저하께서 발표하신 포고문 내용이 뭐요?"

"어서 발표해 보시오!"

주변의 부추김에 병사가 소리쳤다.

"그럼 발표하겠으니 모두 경청하시오! 조선의 백성들은 들
어라! 이번에 우리 조선은 본토보다 열 배가 넘는 거대한 영
토를 얻게 되었다! 이는 주상 전하와 열성조의 하해와 같은
보살핌 덕분이다!"

백성들이 크게 술렁였다.

그 바람에 발표하던 병사의 목소리가 묻혀 버렸다. 이어서
사방에서 진정하라는 외침 소리가 터져 나왔다. 그런 타박
덕분에 술렁임은 어렵지 않게 진정되었다.

병사가 헛기침을 했다.

"어험! 그럼 계속하겠소이다. 이번에 얻은 영토는 북미라
고 한다. 북미에는 척박한 땅도 있지만 대부분 천혜의 환경
을 가진 옥토다. 그런 땅의 일부는 원주민이 살고 있지만 대
부분은 주인이 없다!"

주인이 없다는 소리에 다시 술렁임이 나왔다. 그러나 더
큰 타박이 터지면서 이내 잦아졌다.

"그래서 나의 주도로 북미 지역을 개척할 이주민을 모집한
다. 이주를 원하는 백성들에게는 각종 지원과 특혜를 제공할

개혁군주

것이다."

성질 급한 사람이 소리쳤다.

"특혜가 뭐요? 혹시 땅이라도 무상으로 주시겠다는 거요?"

다른 백성이 구박했다.

"어이구! 제발 발표부터 들어 보세."

곳곳에서 원성이 터져 나왔다. 그런 원망 소리에 먼저 소리친 사람이 바로 꼬리를 내렸다.

"아니, 나는 궁금해서……."

병사가 지적했다.

"방금 말을 하려던 것을 그대 때문에 못 하게 되었소. 그러니 발표를 끝까지 들으시오."

"예, 알겠소이다."

병사의 발표가 이어졌다.

"혜택은 다음과 같다! 가장 먼저, 1년 먹을 양곡이 무상 지급된다. 농사를 지으려는 백성들에게는 땅이 무상으로 분배된다. 무상분배되는 면적은 온 가족이 몇 년을 먹어도 남을 양곡을 생산할 수 있을 정도다. 여기에 두 필의 말과 각종 농기구도 무상으로 지급된다."

이어서 상인에 대한 지원과 주택건설에 대한 지원 등 각종 지원책이 쏟아졌다. 백성들은 지원 규모에 크게 놀랐으나 지원 정책의 백미는 따로 있었다.

"노비에서 해방된 백성이 이주하면 속량에 따른 부담이 면제된다. 아울러 이주 백성에게는 자경대의 근무로 병역이 대체될 것이다."

백성들이 술렁임은 더 커졌다.

각종 무상 지원책이 푸짐했으며 대체 복무도 보장되었다. 설명을 들은 백성들이 너 나 할 것 없이 질문을 쏟아 냈다.

그로 인해 주변이 너무 시끄러워졌다. 보다 못한 병사가 손을 들어 백성들을 제지했다.

"그만하시오! 이주에 대해 궁금한 점이 많을 것이오! 앞으로 각 고을 관아에서는 북미 이주에 대한 상담이 시행될 예정이오! 그러니 궁금한 사항이 있으면 관아로 가서 상담을 받으시오!"

누군가 소리쳤다.

"혹시 선발대를 뽑지 않습니까?"

"좋은 지적을 했소이다. 당연히 선발대를 뽑을 것이오. 그리고 선발대에 참여하는 백성들에게는 세자 저하께서 별도로 포상을 하겠다고 약속하셨소이다."

다시 술렁임이 커졌다.

"앞으로 장시가 열릴 때마다 오늘과 같은 포고령이 반포될 예정이오. 이번 북미 개척은 세자 저하께서 역점을 두고 추진하는 사업이외다. 그래서 이주를 돕기 위해 이민청이란 관청도 신설되었소. 백성들은 이번 포고를 결코 소홀히 여기지 마시오. 더하여 주변에도 이러한 사실을 널리 알려 적극 동참하도록 유도해 주시오!"

병사는 같은 내용을 몇 번이고 반복했다. 대부분의 백성은 그 설명을 하나도 놓치지 않았다.

그리고 병사들이 돌아갔다.

그럼에도 백성들은 쉽게 흩어지지 않았다. 정음을 아는 자들이 포고문을 확인하고는 삼삼오오 모여 열띤 토론을 전개했다.

포고문의 효과는 대단했다.

백성들이 이주 정책에 큰 관심을 보였다. 여러 가지 특별 지원과 혜택이 백성들의 마음을 사로잡았다.

이전이라면 감언이설이라고 오인할 정도로 혜택이 많았다. 그러나 세자가 추진한다는 말에 누구도 지원과 혜택을 거짓이라 생각하지 않았다.

조선이 건국하고 공개적으로 이주민을 모집한 경우는 없었다. 백성들도 특별한 경우가 아니면 고향을 등진다는 생각은 하지 않고 살아왔다.

그런데 이번에는 달랐다.

백성들의 삶은 그동안 많이 바뀌었다.

수시로 반복되던 역병이나 전염병이 대폭 줄었다. 천형이라 여기던 천연두도 거의 사라졌다.

의약품이 속속 개발되면서 위생 환경이 눈에 띄게 개선되었다. 이러한 노력 덕분에 인구가 폭발적으로 증가하고 있었다.

공장이 들어서고 상업이 발전하면서 다양한 일자리가 많이 생겨났다. 이런 일자리 덕분에 백성들의 삶의 질도 따라서 높아졌다.

아쉽게 아직도 많은 백성의 삶은 여전히 곤궁했다. 그러나 이전과 달라진 점이 있었다.

이전에는 가난을 감수하며 살아왔었다. 그런데 지금은 잘살고 싶다는 열망이 이전과는 비교할 수 없을 정도로 높아졌다.

이런 열망이 큰 반향을 불러왔다.

국왕이 세자의 보고를 받으며 놀랐다.

"이주를 지원한 백성이 이렇게 많단 말이더냐?"

"예, 아바마마. 소자도 지원자가 이렇게 많을 줄 몰랐사옵니다."

호조판서 이면긍(李勉兢)이 몸을 숙였다.

"지원 정책이 파격적이어서 그렇사옵니다."

"허허허! 아무리 그렇다고 해도 공식적인 이주자 모집은 처음이다. 그런데도 지원자가 한 달도 되지 않아 10만을 넘기다니 믿기지 않는구나."

이면긍의 보고가 이어졌다.

"백성들의 호응이 의외로 좋습니다. 그래서 당분간은 지원자가 줄어들지 않을 것 같사옵니다."

"으음!"

이면긍이 문제를 지적했다.

"그런데 이주 정책에 너무 매몰되다 보면 국가 대사를 그르칠 우려가 있사옵니다. 지금은 이주보다 대업에 주력해야 할 시기이옵니다. 통촉하여 주시옵소서!"

병조판서 이경일이 반박했다.

"그렇지 않사옵니다. 약간의 혼란이 있는 건 사실입니다. 그러나 이주 정책에 백성들이 몰리는 현상이 꼭 나쁘게 볼 일은 아니옵니다."

국왕이 관심을 보였다.

"병판은 왜 그렇게 생각하는가?"

"개혁이 성공적으로 추진되고는 있사옵니다. 더불어 백성들의 삶도 이전과는 비교할 수 없을 정도로 개선되고 있고요. 그러나 적응을 못 하는 백성들도 의외로 많다는 사실을 간과하면 아니 되옵니다. 특히 지난해 전격적으로 해방된 노비들은 더 그러하고요. 이런 백성들에게 이주는 새로운 기회라 할 수 있사옵니다."

국왕도 적극 동조했다.

"병판의 지적이 일리가 있다. 과인도 개혁에 적응 못 하는 백성들이 늘 안타까웠다. 그래서 그런 백성들에게 새로운 기회를 만들어 주고자 이주 정책을 추진하게 한 것이다."

"옳은 하교이시옵니다. 그리고 세자 저하께서 총괄하고 있기 때문에 백성들의 관심이 폭증한 점도 있사옵니다. 하오니 다소간의 혼란이 있다 해도, 넓게 보면 국익에 결코 손해는 아니옵니다."

아들을 칭찬하는데 싫어할 아버지는 없다. 국왕은 이경일의 주장에 입꼬리가 슬쩍 올라갔다.

"그대로 두어도 무방하다는 말이구나."

"그러하옵니다."

영의정 이병모도 거들었다.

"실로 놀라운 현상이옵니다. 우리 조선은 정주 사회입니다. 그래서 백성들은 고향에서 나고 자라고 묻힙니다. 그런 백성들이 북미 이주에 큰 관심을 보이고 지원자가 폭증했다는 사실은 실로 놀라운 현상이옵니다. 백성들이 그만큼 진취적으로 변했다는 의미이옵니다."

"옳은 지적이다. 백성들이 진취적으로 변한다는 건 나라를 위해 더없이 좋은 현상이다."

"그렇사옵니다."

호조판서 이면긍이 다시 나섰다.

"두 분의 지적에 신도 동의합니다. 그러나 지금과 같은 과열 현상은 결코 좋지 않사옵니다. 자칫 북미 이주가 현실에 적응 못 한 백성들의 피난처로 인식될 우려도 있음을 유념하여 주시옵소서. 더구나 처음부터 많은 지원자를 한 번에 이주시킬 수도 없는 일이옵니다."

세자가 나섰다.

"호판 대감의 지적도 맞습니다. 아직 우리는 충분한 선편

개혁군주

도 마련되지 않았어요. 현지 사정을 파악하기 위한 선발대를 먼저 보내야 하는 문제도 남아 있고요. 그렇다고 10만에 가까운 이주 지원자들의 바람을 무작정 묵살할 수는 없다고 생각합니다. 그래서 저는 이번에 지원한 백성의 일부를 북방으로 먼저 올려보냈으면 하옵니다."

국왕이 크게 놀랐다.

"북방으로 보내자고! 백성들을 만주로 보내자는 말이더냐?"

"그렇사옵니다."

국왕이 대번에 우려했다.

"쉽지 않은 일이다. 만주는 만주족의 본향으로, 봉금령까지 선포하며 한족의 출입까지 엄금하는 지역이다. 그런 만주에 우리 백성을 이주시킨다면 대업을 시작하기도 전에 청국과 문제가 발생할 수가 있다."

세자가 몸을 숙였다.

"크게 성려하지 않으셔도 되옵니다. 저희가 파악한 정보에 따르면 청국은 압록강 방면을 관리하고 있사옵니다. 그것도 처음과 달리 이제는 거의 형식적으로 변했고요. 그래서 청국과의 마찰이 우려되는 지역을 피해서 이주시키면 되옵니다."

국왕이 대번에 알아들었다.

"백성들을 두만강 방면으로 보내자는 게냐?"

"그러하옵니다."

"정녕 두만강 북부 지역은 문제가 없겠느냐?"

"예, 아바마마. 소자가 사람을 보내 파악한 바로는 두만강 이북에는 만주족이 거의 살고 있지 않았사옵니다. 있더라도 북쪽의 강변에 모여 살고 있고요. 주목해야 할 점은 과거 발해가 통치했던 동안 지역에는 이미 다수의 우리 백성들이 넘어가 살고 있다는 점입니다."

"발해가 통치했던 동안 지역이라니? 바다와 가까운 연해 지역을 말함이더냐?"

"그러하옵니다."

"으음!"

세자의 설명을 들었음에도 국왕은 쉽게 결정을 내리지 못했다.

부자의 대화를 듣고 있던 병조판서 이병일이 가세했다.

"전하! 연해 지역이라면 대업을 위해서라도 미리 진출해 놓는 게 좋을 듯하옵니다."

잠시 생각하던 국왕이 윤허했다.

"좋다. 추진해 봐라. 그러나 백성들의 의향을 반드시 물어서 추진해야 한다."

"명심하여 거행하겠사옵니다."

편전을 나온 세자는 즉시 이민청장과 실무자를 불러들였다. 그리고 편전에서의 결정을 전달하고는 백성들의 북방 이주부터 추진하게 했다.

개혁군주

이민청은 신속히 움직였다.

이주를 지원한 백성들의 의사를 먼저 일일이 확인했다. 그리고 북방 이주를 원하는 백성들의 숫자를 취합해서는 이주 작업을 시작했다.

북방 이주는 함경도와 평안도 지역 주민들부터 실시되었다. 지리적으로 위치도 가까울뿐더러 추위에 적응을 잘할 수 있었기 때문이다.

북방은 오래전부터 지속적으로 정찰 인력을 파견하고 있었다. 그 결과 지형지물과 만주족의 거주 지역 등이 샅샅이 조사되어 있었다.

사정은 북미도 다르지 않았다.

대양함대는 지금까지 십여 차례 북미 대륙의 태평양 연안을 샅샅이 조사했었다. 이런 노력 덕분에 조선은 어느 누구보다 많은 태평양 연안 지역의 정보를 갖고 있었다.

두 지역 선발대는 이런 정보를 바탕으로 구성되었다. 덕분에 북방 개척 선발대와 북미 개척 선발대가 순차적으로 출발할 수 있었다.

북방 개척 선발대는 함경도에서 출발했다. 환송 행사에는 호조판서가 세자를 대신해 참석했다.

북미 개척 선발대는 제물포에서 출발했다. 이 행사에는 세자가 직접 환송 행사에 참여할 수 있었다.

지난해부터 전국 주요 지역에는 각종 기반 시설이 건설되었거나 시공 중에 있었다. 제물포도 사정은 마찬가지여서 대대적인 기반 공사가 시행 중이었다.

제물포는 장차 한양의 관문이 될 항구다. 그래서 다른 항구보다 더 많은 인력이 투입되어 있었다.

제물포는 조수간만의 차가 10미터가 넘는다. 이런 불리함을 극복하기 위해서는 갑문 설치가 필수였다.

그러나 아직은 갑문이 없어 배의 입출항이 자유롭지 못했다. 이런 불편을 해소하기 위한 갑문 설치 공사가 진행 중이었다.

세자의 이전 지식에 따라 월미도와 소월미도, 그리고 그 주변이 대상이었다. 그래도 항만 시설은 상당한 규모가 완성되어 있었다.

환송 행사는 물때에 맞춰 진행되었다.

북미기병여단장이 병력을 지휘했다.

"전체 차렷. 세자 저하께 대하여 받들어총."

"충! 성!"

선발대는 각 5천 명씩이었다.

선발대가 대규모로 편성된 까닭은 축적된 자료 덕분이었다. 그리고 공병 대대와 창설된 북미기병여단이 합류하면서 인원이 대폭 늘어났다.

세자가 답례하자 여단장이 소리쳤다.

"세워총!"

기병여단은 보병보다 병력이 적다. 그럼에도 모두 말을 타고 있어서 부두 광장을 꽉 채웠다.

세자는 도열한 병력을 죽 둘러봤다. 그러고는 미리 승선해 있는 민간인들도 일일이 살폈다.

세자가 심호흡을 했다.

"드디어 우리 모두의 미래가 걸린 개척이 시작되었다. 나도 그렇지만 아바마마께서도 개척이 성공될 것을 믿어 의심치 않는다. 조선의 모든 백성도 여러분의 성공을 응원할 것이다."

세자가 도열한 병사들을 바라봤다.

"조선의 자랑스러운 장병들이여! 드디어 실전이 시작되었다! 북미 개척은 우리가 추구하는 북벌과도 맞물려 있는 막중대사다. 그런 과업의 선봉에 선 여러분을 나는 누구보다 믿는다."

세자가 주먹을 움켜쥐었다.

"어떤 상대와도 당당히 맞서라! 그래도 될 만큼 여러분은 최고의 훈련을 받았으며, 최고의 무장을 갖추고 있다. 나는, 그리고 이 나라의 군주이신 아바마마께서는 여러분의 무운장구를 믿어 의심치 않는다."

처음으로 세자가 대중 앞에서 연설을 했다.

연설은 미려하거나 능숙하지는 않았다. 연설 내용도 간단하고 명료했다. 그럼에도 장병들과 개척민들의 가슴속에는 화인처럼 새겨졌다.

환송사가 끝나자 병사들이 환호했다. 그런 병사들은 놀랍게도 만세를 연호했다.

"와!"

"만세! 만세! 만만세!"

제후국인 조선은 천세를 연호해야 한다. 그러나 병사들의 만세 연호는 거침이 없었다.

백성들도 처음에는 만세 연호에 화들짝 놀랐다. 그러나 이내 두 팔을 번쩍 들며 동조했다.

"만세!"

"주상 전하 만세!"

세자는 감동했다.

장병들이, 개척단이, 백성들 스스로가 만세를 연호했다. 그러한 연호를 누구도 제지하지 않았다.

세자도, 조정에서 나온 관리도, 여단장도. 처음에는 당황했으나 이내 모두가 한마음이 되었다.

제물포 부두가 만세 연호로 가득했다.

잠시 후.

장병들이 질서 있게 승선했다.

대포를 비롯한 중화기와 각종 군수 장비는 선적을 마친 상태였다. 그래서 장병들은 자신의 말과 개인화기만을 지참했다.

개척단이 파견되는 지역에 당분간 군정을 실시한다. 그래서 기병여단장이 군정장관을 겸직했다.

세자가 북미기병여단장에게 당부했다.

"잘 부탁드립니다. 군정이어도 모든 일이 처음이어서 통솔하시기가 쉽지 않을 겁니다."

기병여단장 허원 대령이 장담했다.

"성려하지 마십시오. 이번에 상륙할 지점은 저희가 세 차례나 사전답사한 지역입니다. 거대한 만을 끼고 있을뿐더러 물도 풍부하고 땅도 비옥합니다. 더욱이 위치도 좋아서 겨울에도 온화한 기후여서 정착촌을 건설하기에는 최상입니다."

"그렇다는 보고는 받았지만 걱정이 되네요. 혹시 모를 원주민과 마찰에 특히 조심하시고요."

허원도 공손히 대답했다.

"명심하겠습니다. 도착 즉시 수색대를 파견해 주변을 샅샅이 조사하겠습니다."

"지난번의 사전답사 때는 원주민이 없었다고 했지요?"

"그렇사옵니다. 이틀 동안 주변을 정찰했지만 원주민은 만나지 못했었습니다."

"다행한 일이에요. 그러나 조심해야 해요. 북미 원주민들은 대부분이 정착해서 사는 사람들이 아니에요. 그러니만큼 언제 저들과 조우할지 모르니 항상 경계를 늦추면 안 됩니다."

"명심하겠습니다. 도착 즉시 방책부터 만들어 만일에 대비하겠습니다."

"요새는 세 곳을 건설한다고 했나요?"

"예, 저하. 정착 본거지를 중심으로 만을 끼고 세 곳에 요
새를 건설할 예정입니다. 그렇게 요새를 적절한 거리에 건설
해 놓으면 만일의 경우 대응하기 용이합니다."

"성형요새(星形要塞)로 축성할 것이지요?"

"그렇습니다. 마리아나제도에 축성한 성형요새가 방어에
효율적이란 사실은 이미 입증되었습니다. 그래서 우리 북미
는 물론이고 북방도 요새는 성형으로 지어질 것입니다."

"그렇게 하세요. 그리고 해안포대는 특히 더 신경을 써 주
세요."

"명심하겠습니다."

"군정장관만 믿겠습니다."

허원이 자세를 바로 했다.

"대령 허원은 세자 저하의 믿음에 반드시 부응할 수 있도
록 노력하겠습니다. 그래서 최대한 빠르게 정착촌과 요새 건
설을 완수했다는 낭보를 전해 드리겠사옵니다."

"좋은 소식이 올 것이라 믿고 있겠습니다. 수고해 주세요."

세자가 손을 내밀자 허원이 절도 있게 그 손을 잡았다. 세
자는 여단 참모들과 이주민 대표와도 당부의 인사와 악수를
나눴다.

인사를 마친 지휘부가 승선했다.

개혁군주

둥! 둥! 둥! 둥!

출항 깃발이 오르고, 북소리가 울렸다.

"닻을 올리고 돛을 활짝 펴라!"

각 함의 갑판장의 고함이 들렸다. 그렇게 출항 준비를 마친 함정들이 묵직한 소리를 내며 선착장을 빠져나갔다.

이어서 동급 선박들도 선착장을 이탈했다.

선발대를 위해 동원된 선박은 2천 톤급이다. 상선으로 건조되어 전함보다 체형이 두툼했다.

이런 범선 세 척이 수송선단을, 1천 톤급 전함 두 척이 호위함대를 구성하고 있었다. 차례로 선착장을 빠져나온 다섯 척의 범선이 천천히 멀어져 갔다.

세자가 선착장에서 멀어져 가는 배를 바라보고 서 있었다. 그러다 문득 걱정되는 부분이 있어 이원수를 찾았다.

"좌익위."

"예, 저하."

"선발대가 가져간 신형 대포가 얼마이지요?"

"요새당 10문씩을 예상해서 총 30문입니다."

"그걸로 괜찮은지 모르겠네요. 선발대의 정착촌이 건설되면 곧 내륙으로 요새를 늘려 가야 하는데 말이에요."

"당장은 큰 문제가 없을 것입니다. 영국의 자료에 따르면 북미 원주민의 성품이 유순하다고 되어 있었습니다."

세자가 고개를 저었다.

"그건 일방적인 평가에 지나지 않아요. 북미 지역을 본격적으로 개척하려면 원주민의 영역까지 들어가야 해요. 아무리 유순한 사람도 자신의 영역으로 들어온 사람을 반기지는 않아요. 그리되면 반발은 당연히 발생할 수밖에 없어요. 그렇다고 원주민 영역을 포기할 수도 없는 일이고요."

"격돌은 필연적으로 발생한다는 말씀이군요."

"그래요. 우리가 정착촌을 건설하려는 지역도 무주공산이 아닐 수가 있어요."

"이틀이나 정찰했는데도 원주민을 발견하지 못했다고 했습니다."

세자가 고개를 저었다.

"모든 속단은 금물이에요. 초원 부족은 가축을 몰고 며칠씩 이주하기도 합니다. 그들은 자신들이 갈 수 있는 지역은 전부 자신들의 영역으로 여기고 있고요."

이원수의 안색이 굳어졌다.

"처음부터 원주민과 격돌할 수도 있겠습니다."

"그러지 않기를 바라야지요. 개척을 할 때는 모든 가능성을 배제할 수는 없어요."

"알겠습니다. 다음번 출항에는 그런 부분까지 신경 써서 준비하겠습니다."

"그러세요. 이민청과 기술개발청에 연락해 준비를 미리 해 놓으라고 일러 주세요."

"예, 저하."

세자가 확인했다.

"바타비아에서는 언제 이주자를 보낸다고 했지요?"

"우리보다 열흘 늦은 7월 하순입니다. 하와이에서는 8월 보름 이전에 합류하기로 했습니다."

세자가 흡족해했다.

"그 정도라면 시간은 넉넉하겠네요. 이번에 이주하는 숫자가 3천 명이라고 했나요?"

"그렇습니다. 그리고 바타비아에 거주하고 있던 화란양행 직원 백여 명도 함께한다고 했습니다. 바타비아 사람들을 통제하고 자신들의 이주지도 알아보기 위해서요."

"화란양행이 합류한다면 고마운 일이지요."

세자가 옆에 있던 박종보에게 확인했다.

"외숙, 하와이에 진출해 있는 우리 상무사 직원들에게 문제는 없지요?"

박종보가 크게 고개를 끄덕였다.

"물론입니다. 지시하신 대로 대규모 사탕수수 농장 건설에 열성을 다하고 있습니다."

"인부 수급은 문제가 없고요?"

"예. 화란양행의 도움으로 바타비아 인력을 꾸준히 충원받고 있습니다."

"다행이네요."

"이제 와서 생각해 보면 처음부터 화란양행과 보조를 같이
한 것이 최고의 결정이었습니다."

세자가 정정했다.

"결정적이라고 해야 맞을 거예요. 만일 우리 독단으로 움
직였다면 하와이 진출이 지금보다 훨씬 늦어졌을 거예요."

이원수가 동조했다.

"그럴 가능성이 높습니다. 우리가 진출할 당시에 하와이
국왕이 영국인 군사고문의 도움으로 왕국을 본격적으로 건
설하고 있었으니까요. 만일 우리만 진출했다면 영국인 군사
고문이 크게 반발했을 겁니다."

"그랬을 거예요."

박종보가 나섰다.

"그래도 세자 저하께서 하와이왕국에 식량과 무기를 전폭
적으로 지원하자는 결단이 큰 도움이 되었습니다. 우리의 전
폭적인 지원 덕분에 하와이왕국이 지난해 통일을 이뤄 냈으
니까요."

세자가 동조했다.

"그건 그래요. 처음에는 부정적이던 하와이 국왕이 우리
의 대대적인 지원으로 완전히 돌아섰으니까요. 그런 지원 덕
분에 진주만 독점 사용권도 얻게 되었던 것이고요."

"맞습니다. 하와이 국왕이 영국인 군사고문의 반대에도
불구하고 우리의 손을 들어 주었습니다. 그로 인해 군사고문

이 영국으로 귀환하게 되었고요."

세자가 고개를 저었다.

"어차피 능력 없는 자들입니다. 하와이 국왕도 선진 문물을 도입하기 위해 그들을 잠시 군사고문으로 선임한 것에 지나지 않아요."

이원수도 동조했다.

"맞습니다. 일개 선원이었던 자들을 군사고문으로 선임한 자체가 문제였습니다. 물론 그들의 도움 덕분에 영국으로부터 약간의 무기를 받기는 했지만요."

세자가 당부했다.

"하와이에 조성되고 있는 사탕수수 농장을 잘 관리해야 합니다. 그래야 우리가 하와이 경제권을 확실히 장악할 수 있어요."

박종보가 장담했다.

"걱정 마십시오. 바타비아 인부가 벌써 천여 명입니다. 관리하는 우리 인력도 백여 명이나 되고요. 여기에 통조림 공장까지 건설되고 있어서 경제권 장악은 시간문제입니다."

이원수도 동조했다.

"통조림 공장이 완공되면 우리의 북미 진출에도 큰 도움이 될 것입니다."

"맞아요. 하와이 주변 바다는 참치어장이라고 하더군요. 그뿐이 아니라 다른 어족 자원도 넘쳐 날 정도로 풍부하고요.

하와이 공장은 사이판의 통조림 공장과 함께 북미 개척은 물론이고 백성들의 식생활 개선에 큰 도움이 될 것입니다."

세자도 거들었다.

"옳은 지적이에요. 루이지애나 매입 협상을 할 때 프랑스의 요구 조건이 통조림 공장의 즉각적인 가동이었어요. 그러면서 대규모 물량도 미리 발주했고요."

박종보가 놀라워했다.

"프랑스 통령 나폴레옹은 전술의 천재라는 말을 들었습니다. 그런 사람이 루이지애나 매각 조건으로 공장 가동을 요청했다면 앞으로 통조림에 대한 반향이 상당하겠네요."

세자가 기대감을 나타냈다.

"그럴 거예요. 아마도 프랑스의 통조림 합작 공장은 유럽 최고의 회사 중 하나가 될 거예요."

"화란양행이 바타비아에 대규모 열대과일 농장을 조성한다고 합니다. 거기서 생산되는 열대과일도 통조림을 만들려는 계획이로군요."

"맞아요."

"저하! 그러면 우리도 대형 농장을 조성해야 하지 않겠습니까?"

"물론 해야겠지요. 그러나 지금은 열대과일보다는 기름야자 농장 조성이 우선이에요."

박종보가 자책했다.

"아! 맞습니다. 제가 욕심이 앞섰습니다. 나라를 위해서는 기름야자 농장 조성이 우선하는 게 맞습니다."

이원수가 거들었다.

"기름야자에서 추출되는 팜유는 다양하게 활용이 가능합니다. 식용은 물론이고 공업 발전에 가장 필요한 윤활유로도 사용이 가능하고요."

"맞습니다. 그래서 당분간은 기름야자 농장 확보를 우선으로 해야 합니다. 열대과일 농장은 시간을 두고 조성해도 됩니다."

이러던 박종보가 의외의 제안을 했다.

"저하! 루이지애나에는 어마어마한 숫자의 들소가 자생하고 있다고 들었습니다. 만일 통조림 공장을 현지에 건설한다면 그 들소를 식량 자원으로 활용할 수도 있지 않겠습니까?"

세자가 잠시 생각을 했다.

"지금 당장은 어렵지만 연구를 해 봐야겠네요. 성공할 수만 있다면 더없이 좋겠으나 준비해야 할 게 많을 거 같네요."

"당장은 어렵겠지요. 그러나 엄청난 덩치의 들소를 그냥 버려두기에는 너무 아깝습니다. 만일 들소를 활용한 통조림이 만들어지면 정착민들에게 큰 도움이 될 것입니다."

"알겠습니다. 그 문제는 군정장관에게 따로 살펴보라고 하겠습니다."

제물포를 출발한 선단은 정속으로 항해했다. 이주민도 많이 태웠고, 군사 장비와 각종 화물을 가득 선적했기 때문이다.

그 바람에 열흘 만에 하와이에 도착했다.

하와이는 8개의 섬으로 구성되어 있다. 이 섬 중 하와이왕국의 수도인 호놀룰루가 있는 오아후섬은 세 번째로 크다.

허원 대령이 망원경으로 섬을 살폈다.

"섬이 생각보다 크네요."

동행한 상무사 직원이 설명했다.

"제주도보다 조금 작다고 합니다."

"그렇군요. 그런데 제일 큰 섬인 하와이 섬이 아니고 여기로 수도를 정한 까닭이 있나요?"

"하와이제도는 전부가 화산지대입니다. 그래서 대부분 지형이 가파르고요. 그런 섬 중 오아후섬이 가장 지형이 평탄합니다. 더구나 물이 풍부하고 활화산도 없어서 주민이 살기가 좋습니다."

"우리 사탕수수 농장도 이 섬에 많겠군요."

"여기도 많지만 하와이 섬이 더 많습니다. 그 섬에는 자생하는 사탕수수가 대규모 군락을 이루고 있거든요."

"아! 그래요?"

이때 수송선의 선장이 다가왔다.

"군정장관님, 곧 진주만으로 들어갈 예정입니다."

"하하! 드디어 열흘 만에 땅을 밟아 보는군요."

"좁은 만으로 들어서다 보면 선체가 쏠리게 되어 있습니다. 그러니 미리 대비를 하시기 바랍니다."

"승선한 분들에게도 주의를 주어야겠네요?"

"우리 선원들이 알아서 조치했습니다."

"알겠습니다."

잠시 후, 선단이 진주만으로 들어왔다.

"오오!"

"아아!"

갑판에 나와 있던 백성들이 저마다 탄성을 터트렸다.

진주만에 들어서니 섬이 하나 나왔다. 그런 섬의 중앙의 대형 태극기가 이들을 반기고 있었다.

허원도 태극기를 보며 뭉클했다.

"하와이에서 태극기를 보니 가슴이 뭉클하네."

상무사 직원도 동조했다.

"맞습니다. 저는 벌써 몇 번째인데도 볼 때마다 그런 느낌이 듭니다."

조선이 처음 하와이에 진출했을 때 별다른 환영을 받지 못했다. 오히려 영국인 군사고문들의 은근한 질시까지 받아야 했다.

그러나 상무사 직원들은 신경 쓰지 않았다. 그러면서 하와이왕국에 적극적인 지원을 해 주었다.

이런 지원이 하와이 국왕의 생각을 완전히 바꿔 놓기에 충분했다. 그리고 하와이가 빠르게 통일하는 데 큰 도움도 되었다.

진주만 독점 사용권은 이런 지원의 대가로 하와이 국왕으로부터 획득했다.

상무사는 독점 사용권을 얻기 전부터 항만 시설을 건설해 왔다. 그래야 상무사 상선이 쉽게 정박할 수 있기 때문이다. 이런 항만 건설도 하와이 국왕의 승인하에 진행되었다.

이렇듯 개발이 먼저 진행된 덕분에 지금은 상당한 규모의 항만을 갖출 수 있었다.

진주만의 중심에는 작은 섬이 있다. 거의 평지로 되어 있는 이 섬을 상무사는 군사기지로 만들었으며, 그 기지 중앙에 태극기가 계양되어 있었다.

선단이 하나둘 선착장에 접안했다.

허원은 참모들과 함께 가장 먼저 하선했다. 이어서 기병여단의 장병과 공병 대대, 그리고 백성들이 차례로 하선했다.

허원은 하와이 지점장과 인사를 나누었다. 그러고는 휘하 장병과 상무사 직원 수십여 명이 뛰어다니는 선착장을 함께 바라봤다.

5천여 명이 동시에 하선한 선착장은 사람들로 북적였다. 그럼에도 모두의 노력으로 크게 혼란스럽지 않았다.

　허원이 참모장에게 지시했다.

　"참모장! 진주만에는 수용 시설이 없다. 그러니 백성들을 육지에서 충분히 휴식시키고서 다시 승선을 유도하라."

　"예, 알겠습니다."

　잠시 후.

　말을 하선시키느라 선착장이 시끄러웠다. 개척단의 선박이 다섯 척이나 된 주요 원인 중 하나가 기병여단이 보유한 말이었다.

　말은 예민한 동물이다. 그래서 환경이 급격히 바뀌면 스트레스를 받아 폐사하기도 한다.

　그런 말의 건강을 위해 마의(馬醫)도 여럿을 동행시켰다. 다행히 마의들의 헌신적 노력 덕분에 지금까지 아무 일도 일어나지 않았다.

　육지에 도착한 이상 말을 하선시켜 체력 관리를 해 주어야 한다. 마의와 유능한 사육사들은 노련하게 말의 하선을 유도했다.

　병사들이 십여 필의 말을 끌고 왔다.

　허원 대령 일행과 하와이 지점장 일행이 모두 말에 올랐다. 하와이 국왕을 접견하기 위해서였다.

허원 대령이 주의를 주었다.

"훈련이 잘된 군마라고 해도 열흘 동안 배에 갇혀 지낸 상
태다. 그러니 말을 함부로 다루지 않도록 하라."

"알겠습니다."

하와이 지점장이 설명했다.

"여기서 하와이 왕궁까지 그리 멀지 않습니다. 그러니 천
천히 말을 몰아도 늦지 않게 도착할 수 있을 겁니다."

"다행이네요. 그럼 출발합시다."

"그렇게 하세요."

지시에 따라 십여 명이 이동했다.

진주만을 출발한 일행은 낮은 능선을 지나 해안을 따라 이
동했다. 그렇게 얼마를 이동했을까, 하와이 지점장의 설명대
로 고을이 눈에 들어왔다.

진주만을 얻다

하와이 지점장이 손을 들어 설명했다.

"저기 보이는 해안 마을이 하와이왕국의 수도인 호놀룰루입니다."

"저곳이 왕국의 수도라고요?"

"예. 그렇습니다. 몇 년 전만 해도 바로 옆에 있는 마우이섬에 있는 라하이나(Lahaina)가 수도였습니다. 그러다 우리의 도움으로 왕국이 통일되면서 국왕이 천도(遷都)를 하게 되었지요."

"수도를 새로 건설했다는 건가요?"

"그렇지는 않습니다. 호놀룰루는 과거 이 섬에 있던 작은 독립 왕국의 수도였었습니다."

"그렇군요. 그런데 왜 천도를 하게 된 건가요? 호놀룰루가 이전의 수도보다 살기 좋아서인가요?"

"그 부문은 저도 잘 모르겠습니다."

"혹시 우리 때문에 수도를 옮긴 건 아닐까요? 통일이 되었다고 해도 아직은 완전하지 않을 터일 겁니다. 거기다 외세의 침략도 불안했을 거고요."

지점장이 탄성을 터트렸다.

"오! 충분히 가능성이 있는 말씀입니다. 그렇지 않아도 하와이 국왕이 우리에게 의지를 많이 하고 있기는 합니다."

"어쨌든 우리로선 나쁘지 않네요."

"물론입니다. 왕국의 수도가 옆에 있는 것이 저들도 좋겠지만 우리로선 더 좋은 상황입니다."

허원이 호놀룰루를 둘러봤다.

"수도가 바다와 접해 있네요. 섬나라의 특성 때문이겠지요?"

"맞습니다. 이전의 수도였던 '라하이나'도 바다와 접해 있습니다. 섬나라 특성상 거의 모든 주민이 바다를 생활 터전으로 삼을 수밖에 없지요."

"그렇군요. 그런데 고을이 제법 크네요? 의외로 주민이 꽤 되는 거 같습니다."

"잘 보셨습니다. 하와이왕국은 섬으로 구성되어 있지만 전체 면적이 의외로 넓습니다. 백성도 꽤 많아서 수도인 호놀룰루에도 상당한 인구가 거주합니다. 그렇다고 아주 많지는 않고 우리나라의 작은 고을 정도 됩니다."

"그렇군요."

이들이 탄 말이 다가가자 호놀룰루에서 십여 명의 병사들이 달려 나왔다. 허원이 그 모습을 보고 이마를 찌푸렸다.

"원주민들이 복장이 저게 뭡니까? 거의 옷을 입지 않고 있네요."

지점장이 사정을 설명했다.

"하와이에서는 섬유가 아주 귀합니다. 영국인들이 오기 전까지는 그마저도 없어서 부드러운 나무껍질과 풀로 옷을 만들어 입었을 정도로요. 그래서 남자들은 저렇게 상체는 거의 벗고 다니고요."

"그러면 여자들도 헐벗고 다닌다는 말입니까?"

"이전까지는 그랬다고 합니다. 상체는 부드러운 풀로 만든 가슴 가리개를 사용했고, 아래는 풀을 여러 겹으로 만든 치마를 입었고요. 그러다 영국과 교류하면서 면직물이 들어오면서 속옷은 그나마 천을 사용하게 되었다고 합니다. 아직도 그 위에 풀로 만든 옷을 입는 건 여전하고요."

"여기는 삼베와 같은 풀이 없었나 보군요. 그러니 길쌈으로 천을 만들어 입지 못했네요."

"그런 거 같습니다. 그리고 그동안 세상과 단절되게 살아와서 천을 수입하지도 못했습니다. 하지만 그렇다고 야만적인 건 아니고, 나름대로 체계가 갖춰진 사회인 점은 분명합니다. 아! 그리고 여기서는 국왕을 '알리 누이'라고 부릅니다. 국왕을 만나면 착오 없으시기 바랍니다."

"알겠습니다."

이윽고 하와이 병사들이 다가왔다. 병사들은 하와이 지점장을 확인하고는 반갑게 인사를 나눴다.

허원이 놀라워했다.

"지점장님께서는 저들을 자주 상대하시나 봅니다. 하와이 말도 능통하시고요."

하와이 지점장이 크게 웃었다.

"하하하! 아닙니다. 말이 능통하지는 않고요. 간단한 일상 대화 정도만 합니다. 저 병사들은 하와이 왕궁에서 나온 병력인데, 제가 수시로 왕궁을 방문하다 보니 저를 잘 압니다."

"그렇군요. 그런데 말이 통하지 않으면 하와이 국왕과는 어떻게 대화를 합니까?"

"하와이 국왕이 의외로 영어를 잘합니다. 그래서 국왕과의 대화는 영어로 하고 있습니다."

허원이 또 놀랐다.

"국왕이 영어를 잘한다고요?"

"예. 영국인 군사고문이 하와이에서 이십여 년이나 재임했었습니다. 국왕이 그들에게서 영어를 배워 능통합니다. 국왕의 주변 인물들도 영어를 잘하고요. 제가 하와이에 주재하게 된 것도 영어를 잘하기 때문이랍니다."

"그러셨군요."

허원 일행은 하와이 병사들의 인도를 받아 국왕이 거주하는 왕궁에 도착했다.

"왕궁도 원주민 가옥과 형태는 별 차이가 없네요."

지점장이 설명했다.

"맞습니다. 보시는 대로 형태는 목재와 풀을 사용해 지은 원주민 가옥과 비슷합니다. 단지 크기가 거대할 뿐이지요."

"그런데 이 주변에는 영국인이 거주하던 가옥이 없는 거 같습니다. 이십여 년을 머물렀다면 자신들에 맞는 집을 지었을 터인데요."

"잘 보셨네요. 여기는 천도한 곳이어서 영국인과 관련된 시설이 없습니다. 그들이 살던 집을 보시려면 이전 수도인 '라하이나'로 가야 합니다."

"우리가 오지 않았다면 영국이 하와이를 장악했을 수도 있었겠네요."

"아마도 그렇게 진행되었을 겁니다. 국왕이 영국인 군사 고문단을 추방했지만, 영국 자체에 대해서는 우호적입니다. 지금도 선교사들 몇 명이 들어와 있는데, 다행히 우리와는 별 마찰은 없고요."

"놀라운 일이네요. 영국 본토에서 여기까지 거리가 얼만

데 선교사를 파견하다니요."

지점장도 적극 동조했다.

"그만큼 국왕이 서양에 대해 우호적입니다. 만일 우리가 화란양행과 함께 들어오지 않았다면 결코 안착하지 못했을 것입니다."

허원이 고개를 갸웃했다.

"혹시 이곳의 원주민도 남미 원주민들처럼 백인들을 신의 사자로 오해하지 않았던가요?"

"맞습니다. 처음에는 그랬습니다."

"역시 그렇군요."

지점장이 개척 초기 상황을 설명했다.

"처음 하와이에 온 서양인은 제임스 쿡 선장이었습니다. 백인을 처음 본 원주민들은 그들을 신의 사자로 오해했다고 합니다. 그래서 극진하게 대접했고, 영국인의 요청으로 여자들까지 바쳤다고 합니다."

"여자까지 바쳤다면 거의 숭배했겠네요."

"그렇습니다. 그렇게 한동안 융숭한 대접을 받은 제임스 쿡 선장은 다시 탐험을 시작했다고 합니다. 그러나 며칠 못 가서 심한 폭풍우를 만나 여러 개의 돛이 부서진 채로 귀환하게 되었고요."

허원이 지적했다.

"신의 사자가 난파된 배를 타고 돌아왔으니 이상하게 생각했겠군요."

"그렇습니다. 그렇게 의심을 받게 된 그들이 결국 신의 사자가 아닌 게 밝혀졌고요. 분노한 하와이 원주민들은 그들과 싸워 제임스 쿡 선장과 많은 영국인 선원을 죽였다고 합니다. 그 와중에 몇 명이 포로가 되었는데, 하와이 국왕이 그들을 군사고문으로 임명하게 되었지요."

"그럼에도 백인들의 대우가 좋은가 보네요."

"맞습니다. 신의 사자가 아닌 게 밝혀졌지만, 무기와 신문물이 도입되면서 삶이 많이 바뀌었으니까요. 통일도 추진할 수 있었고요. 그래서 아직도 백인에 대한 호감도가 높은 편입니다."

대화하는 동안 왕궁에 도착했다.

하와이 지점장이 권했다.

"내리시지요. 여기서부터는 걸어가야 합니다."

허원이 손을 들었다.

"모두 말에서 내려라."

일행이 일제히 말에서 내렸다. 하와이 병사들이 다가와 말고삐를 받아 갔다.

"가시지요."

지점장의 안내를 받은 허원이 마침내 왕궁 정문에 도착했다. 정문 옆에 서 있던 병사가 정중히 인사를 하고는 문을 활짝 열었다.

허원이 안으로 당당히 들어갔다.

목재를 바탕으로 풀과 짚으로 만든 하와이 왕궁의 내부는 상당히 넓었다. 그런 건물의 끝에 화려한 장식의 모자를 쓴 국왕이 앉아 있었다.

지점장이 앞으로 다가가 인사했다.

"그동안 잘 지내셨습니까? 외신이 알리 누이를 뵙습니다."

하와이 국왕이 반갑게 맞았다.

"어서 오세요, 지점장."

허원이 깜짝 놀랐다.

놀랍게도 하와이 국왕이 어색하게나마 우리말로 인사를 한 것이다. 하와이 지점장이 호탕하게 웃었다.

"하하하! 알리 누이께서 우리말이 많이 늘었습니다."

하와이 국왕이 영어로 대답했다.

"우리말이 쉽지가 않아요. 그래서 노력을 하고는 있지만 영어처럼 빨리 늘지가 않네요."

"별말씀을 다 하십니다. 지금처럼만 하신다면 금방 익히실 겁니다."

하와이 국왕이 허원을 바라봤다. 그것을 본 하와이 지점장이 얼른 나섰다.

"소개해 드리겠습니다. 이분은 이번에 북미 지역 군정장관으로 부임하시게 된 허원 대령이십니다."

허원이 한 발 앞으로 나섰다. 그러고는 군례를 하고 자신을 소개했다.

"인사드리겠습니다. 본관은 국왕 전하의 전권을 위임받은 북미군정장관이며 기병여단장인 대령 허원이라고 합니다."

하와이 국왕의 눈빛이 크게 흔들렸다. 허원이 국왕의 전권을 위임받았다는 소개를 했기 때문이다.

"귀한 분이 오셨군요. 잘 오셨습니다. 나는 하와이를 통치하고 있는 알리 누이 카메하메하라고 합니다."

허원은 눈치가 빨랐다.

그는 하와이 국왕이 긴장하고 있다는 것을 어렵지 않게 느낄 수 있었다. 그러나 그는 그런 상황을 이용하지 않고 더 몸을 낮췄다.

"환대에 감사드립니다. 본국의 세자 저하께서도 알리 누이께서 진주만을 독점 사용할 수 있게 해 주신 점에 대해 크게 감사하고 있습니다."

"별말씀을 다 하십니다. 귀국이 우리 하와이의 통일에 많은 도움을 주었습니다. 그래서 그에 대한 답례를 한 것뿐입니다."

"감사합니다."

허원이 고개를 돌리자 참모가 가져온 상자를 국왕에게 바쳤다. 참모가 건넨 상자는 자개를 입힌 나전칠기로, 너무도 화려했다.

조선은 유학을 숭상하면서 검박하고 단아함을 숭상했다.

그 여파로 고려 시대에 발전했던 화려한 나전칠기가 급격히 쇠퇴했다.

이런 나전칠기를 세자가 공예로 적극 육성하고 있었다. 덕분에 나전칠기는 과거의 화려했던 모습을 점차 되찾아 가며 부활하고 있었다.

하와이 국왕이 크게 놀랐다. 하와이 국왕이 상자를 이모저모를 살펴보며 연신 탄성을 터트렸다.

"대단합니다. 바다의 자개를 활용해 만들었나 본데, 너무도 화려하네요."

허원이 설명했다.

"본국은 예전부터 자개 공예가 발달한 나라였습니다. 그러다 잠시 주춤했었는데, 우리 세자 저하의 적극적인 지원 덕분에 부활하는 중입니다."

"그렇군요. 이렇게 화려한 상자는 처음 봅니다."

"그러실 겁니다. 나전칠기는 서양에도 없는 제품이니까요. 그런데 선물은 자개 상자가 아니라 안에 있습니다."

"아! 그렇습니까?"

조심스럽게 상자를 연 국왕이 놀랐다.

"아니, 이건 권총이 아닙니까?"

"그렇습니다. 하와이왕국의 통일을 축하하기 위해 본국에서 특별 제작한 권총입니다."

허원의 설명대로 권총은 화려했다. 손잡이는 상아로 되었으며 총열에는 금장식이 입혀 있었다.

하와이 국왕은 권총을 들어 이리저리 살폈다. 그러던 국왕이 대단히 만족한 표정을 지었다.

"좋은 선물을 주셔서 감사드립니다."

"하하하! 그 인사는 제가 아니라 세자 저하께서 하셔야 할 듯합니다."

"돌아가시면 내가 크게 고마워한다고 전해 드리세요."

"알겠습니다."

선물은 그것뿐이 아니었다.

세자는 하와이 국왕이 좋아할 만한 공산품 중 고가의 물건을 여럿 선물했다. 그런 선물을 살피던 하와이 국왕의 입꼬리가 귀에 걸렸다.

이윽고 연회가 벌어졌다.

섬나라답게 온갖 해산물과 물고기요리가 푸짐했다. 술이 적당히 돌자 무희들이 하와이 전통 춤인 훌라 춤을 흥겹게 추어 주었다.

그렇게 환대를 받은 허원 일행은 상무사의 숙소에서 하루를 보냈다. 그리고 다음 날 허원이 다시 하와이 국왕을 예방했다.

"국왕 전하, 본국에 진주만을 독점 사용하게 해 주신 부분에 대해 감사드립니다. 그런데 송구하지만 문제가 있습니다."

"무슨 문제가 있다는 말이지요?"

"정박 시설은 많은 비용을 투자해서 반영구적으로 지어야 합니다. 그래서 본국은 진주만에도 막대한 투자를 계획하고 있고요. 그러나 아쉽게 진주만에 대한 소유권이 확실치 않은 관계로 전폭적인 투자를 못 하는 상황입니다. 그래서 부탁을 드리는데, 국왕께서 너그러운 마음으로 진주만 일대를 할양해 주시면 아니 되겠습니까?"

하와이 국왕이 침음했다.

"으음!"

국왕은 쉽게 거절하지 못했다.

얼마 전부터 상무사에 의해 이 문제가 꾸준히 제기되고 있었다.

당연히 처음에는 단호히 거절했다. 그러나 상무사가 대대적인 투자를 진행하면서 점차 문제가 커져 가는 상황이었다.

이런 와중에 대규모 선단이 입항했다.

하와이 국왕은 개척단의 규모를 보고는 크게 놀랐다.

지금까지 하와이에 입항한 범선은 조선의 대양함대 소속 1천 톤급이 전부였다. 그런데 두 배나 큰 범선이 세 척이나 입항하고, 전함도 두 척이 동행한 모습에 질렸다.

그런 상황에서 허원 대령이 공개적으로 진주만 할양을 요구하고 나선 것이다.

강압적인 요청은 아니었다. 그러나 하와이 국왕에게는 이상하게 압박으로 다가왔다.

국왕이 침음하며 답을 하지 못하자 허원 대령에 다시 나섰다.

"쉽게 결정하시기 어려울 겁니다. 만일 국왕께서 용단을 내려 주시면 우리 조선은 귀국에 다양한 혜택을 제공해 드릴 용의가 있습니다."

국왕이 비로소 관심을 보였다.

가뜩이나 심리적으로 조선에 대한 압박이 증대되고 있었다. 그래서 할양을 해 줘야 하나 말아야 하나 고심하던 차였다.

"귀국이 무엇을 해 주겠다는 거요?"

허원 대령은 내심 쾌재를 불렀다.

국왕이 혜택을 묻는 것 자체가 상당히 흔들렸다는 의미다. 그러나 허원은 조금도 내색하지 않았다.

"가장 큰 지원은 해안 방어입니다. 진주만이 할양되면 본국은 진주만을 모항으로 하는 대규모 정규 함대를 운용할 것입니다. 그리되면 귀국의 바다는 우리가 완벽하기 지켜 드릴 수 있습니다."

하와이 국왕이 침을 꿀꺽 삼켰다.

"정규 함대의 모항이 되어 우리를 지켜 준다고요?"

"그러하옵니다. 본국은 지금부터 대대적인 이주 정책을 시행할 예정입니다. 그래서 적어도 200만 이상을 북미로 이

주시킬 계획입니다."

하와이 국왕의 눈이 더없이 커졌다.

"200만이나 이주를 시킨다고요?"

"그렇사옵니다. 그런 이주민의 주력은 본국의 백성이 되겠지만, 다른 나라의 백성들도 상당수가 이주하게 될 것입니다. 그런 이주민들의 대부분은 이곳을 경유하게 될 것이고요."

"그렇다면 진주만에 대규모 수용 시설을 건설해야겠네요."

"그렇게 될 것입니다. 그런 이주가 끝나면 기존 시설은 군이 활용하게 됩니다. 생각해 보십시오. 그렇게 많은 이주민이 진주만을 거쳐 나간다면 얼마나 많은 물자가 필요하겠습니까?"

"필요한 물자는 귀국에서 준비를 하겠지요."

"그렇기는 합니다. 그러나 여기에서 구입하는 물자도 엄청날 것입니다. 그렇게 되면 하와이 국민들에게 얼마나 많은 도움이 되겠습니까?"

하와이 국왕이 격하게 동조했다.

"그렇게만 된다면 더없이 좋은 일이겠지요."

"그리고 우리 수군함대가 주둔하게 되면 물품 수요가 정기적으로 발생하게 됩니다. 더구나 주둔지에 필요한 일반 근무 인력도 상당히 많이 요구될 것이고요. 그런 수요가 다 하와이왕국에 도움이 되지 않겠습니까?"

개혁군주

국왕도 인정했다.

"맞아요. 상당한 도움이 되겠군요."

이어서 이런저런 설명이 계속되었다.

"……그리고 귀국 왕실에서 사용할 수 있는 300톤급 범선 한척을 기증하겠습니다."

국왕의 눈이 더없이 커졌다.

"그 말이 사실입니까?"

"물론입니다. 지금까지 외신이 말씀드린 내용은 공식 문서로 만들어 제출해 드리겠습니다."

하와이 국왕은 범선을 보유하고 싶어 했다. 그러나 영국도 조선도 하와이에 범선을 판매하지 않았다.

하와이 배로는 장거리 항해가 어려웠다.

그래서 처음부터 범선을 구입하고 싶어 했으나 지금까지 방법이 없었다. 그러던 범선을 제공해 주겠다는 약속에 하와이 국왕은 마음을 바꿨다.

"좋습니다. 그렇게 하겠습니다."

허원이 한 번 더 확인했다.

"범선의 크기는 300톤으로, 본국 전함의 3분의 1 크기입니다."

하와이 국왕도 재차 확인했다.

"그 정도 규모면 충분합니다."

"알겠습니다."

하와이 지점장이 나섰다.

"현명한 결정에 감사를 보내 드립니다. 그러시면 세부적인 협상을 제가 진행해도 되겠습니까?"

국왕이 바로 승인했다.

"그렇게 하세요."

이때부터 지점장은 능수능란하게 국왕과의 대화를 이끌어 나갔다. 그러면서 기왕이면 최대한도로 넓은 지역을 얻어 내려고 노력했다.

국왕은 조부의 뒤를 이어 즉위한 지 20여 년이 넘었다. 그동안 정복 군주로 강력한 통치력을 발휘해 왔었다.

그래서 지금까지 거듭된 할양 요청에 넘어가지 않았다. 그러나 허원을 만나면서 그토록 바라던 범선까지 얻게 되었다.

바라던 바를 이루게 되니 단단하던 그의 마음이 너무도 쉽게 열렸다. 여기에 범선 운용도 가르쳐 준다는 약속에 의외로 넓은 면적을 넘겨주게 되었다.

허원이 고마워했다.

"국왕께서 용단을 내려 주신 점, 깊이 감사드립니다. 본국의 주상 전하와 세자 저하께서 이 보고를 받으면 크게 기뻐하실 것입니다."

하와이 국왕도 외교적 발언을 했다.

"이번 결정으로 귀국과의 우호 친선이 더욱 증진되었으면 좋겠습니다."

개혁군주

"그렇게 될 것입니다."

"그리고 나도 요청할 사항이 있습니다."

"말씀하십시오. 외신이 들어드릴 수 있는 사안이라면 적극 검토해 보겠습니다."

"본국의 군사력이 아직 미미합니다. 다행히 영국과 귀국이 제공해 준 무기로 통일을 이룩했지만, 나라가 완전히 평정된 건 아닙니다. 그러니 귀국이 군사고문단을 파견해 본국 병력을 이끌어 주셨으면 합니다."

충분히 감당할 수준의 요구였다.

"알겠습니다. 진주만 할양 조약이 체결되면 바로 본국에 보고해 그 부분에 대한 승인을 받도록 하겠습니다."

하와이 국왕이 크게 반겼다.

"감사합니다."

할양 조약은 즉석에서 작성되었다.

하와이 국왕은 조약문의 날인이 끝나자 성대한 연회를 열어 주었다. 연회에서 국왕은 진주만 일대가 조선의 영토가 되었음을 한 번 더 천명했다.

그러면서 조선과의 영원한 우의를 다짐했다. 허원은 이런 조치에 몇 번이고 고마움을 표시했다.

연회는 화기애애하게 진행되었다. 그런 연회가 끝나고 허원과 일행은 진주만으로 돌아왔다.

하와이 지점장이 먼저 하례했다.

"축하드립니다. 세자 저하께서 이 사실을 알면 크게 기뻐하실 것입니다."

허원이 손을 내저었다.

"아닙니다. 인사는 지점장님이 받으셔야지요. 그동안의 지속적인 설득 작업이 이번에 결실을 본 것뿐입니다. 국왕의 태도를 보니 할양은 시간문제였습니다."

하와이 지점장이 고개를 저었다.

"그렇지 않습니다. 저의 지속적인 설득이 나름의 효과는 있었지만, 이번 결과는 전적으로 장관님의 공적입니다. 만일 이번에 원정함대가 도착하지 않았다면 하와이 국왕은 쉽게 영토를 내주지 않았을 겁니다."

허원이 크게 웃었다.

"하하하! 그만합시다. 누가 공을 세운 게 뭐가 중요합니까? 본국의 북미 진출에 교두보가 될 진주만을 얻은 결과가 제일 중요하지요."

하와이 지점장도 격하게 반겼다.

"맞습니다. 제일 중요한 건 진주만 획득이지요."

"이 소식을 바로 본국에 보고해야 하지 않겠습니까?"

"물론입니다. 제가 직접 본국에 다녀오겠습니다."

허원이 반색을 했다.

"지점장님께서 그렇게 해 주신다면 고맙지요."

"별말씀을요. 하와이에서 일어난 일입니다. 당연히 제가 가서 보고를 드리는 게 맞습니다. 군정장관님께서 보고서로 만들어 주십시오."

허원이 놀라 지점장을 바라봤다.

보고서는 작성하는 사람의 의도가 많이 포함되어 있을 수밖에 없다. 그런 보고서를 허원에게 작성하라는 의미는 공적을 양보하겠다는 의미다.

더구나 그가 관리하는 하와이였다.

"……그렇게 해도 되겠습니까?"

하와이 지점장이 웃으며 대답했다.

"하하하! 당연히 그러셔야지요. 장관께서 임무를 수행하시면서 첫 번째로 거두신 공적입니다. 그런 공적을 제가 나눠 받을 수는 없지요."

"이번 일은 저 혼자만의 노력으로는 결코 이루어질 수 없었습니다. 지점장께서 그동안 꾸준히 추진해 온 설득의 결과물이기도 합니다."

하와이 지점장이 고개를 저었다.

"아닙니다. 거듭 말씀드리지만, 장관님께서 대규모 선단을 이끌고 오시지 않았다면 성사되기 쉽지 않던 상황이었습니다. 영국인 군사고문이 돌아갔다지만 하와이에는 아직도 영국의 영향력이 상당히 존재하고 있습니다. 하와이 국왕도 그래서 쉽게 결정을 못 했었던 것이고요."

허원으로선 처음 듣는 말이었다.

"하와이 국왕이 우리를 영국과 동등하게 생각하고 있다는 말인가요?"

"솔직히 거기까지는 모르겠습니다. 그러나 우리에 대한 인식이 크게 상승한 것은 분명할 겁니다. 영국도 대규모 선단을 끌고 온 적은 아직 없었으니까요."

"하와이 국왕이 우리 선단을 보며 충격을 받았다는 말이군요."

하와이 지점장이 상황을 설명했다.

"하와이의 지리적 요건을 생각해 보십시오. 드넓은 태평양에 떠 있는 고도입니다. 사방 어디를 가더라도 열흘 이상은 가야 육지를 볼 수 있습니다. 그래서 지금까지 고립되어 있었고요. 그런 하와이 사람들에게 영국이나 우리나 이방인들입니다. 단지 피부색이 다를 뿐이지요."

허원이 크게 고개를 끄덕였다.

"그렇겠습니다. 알겠습니다. 그런 사항도 보고서에 별도로 기재를 하겠습니다."

"그렇게 하십시오. 저도 회사 보고서에 상황을 상세히 분석해서 작성하겠습니다."

두 사람이 서로를 바라보며 환하게 웃었다. 의외로 큰 성과를 거둔 사실도 좋았지만, 서로에 대한 마음을 확인한 게 더 좋았기 때문이다.

개혁군주

사흘 후.

바타비아의 화란양행 상단이 도착했다.

상무사와 화란양행은 오랫동안 함께 일을 해 오고 있었다. 시간이 오래되면서 양측의 주요 인물들은 서로에 대해 잘 알고 있었다.

그래서 지휘부는 쉽게 융합되었다.

그러나 조선의 선발대와 바타비아 주민들은 달랐다. 언어와 체구도 달랐으며, 전혀 다른 환경에서 삶을 살아와 세상을 보는 시각도 많이 달랐다.

그러나 똑같은 부분이 있었다.

조선 선발대나 바타비아 주민들은 자발적으로 이주에 참여했다. 그런 만큼 누구보다 모험심이 강하고 성격도 진취적이라는 점이었다.

상무사는 두 진영이 빨리 화합할 수 있도록 신경을 썼다. 그 일환으로 바타비아 사람들이 도착한 다음 날 대대적인 축제를 열었다.

진주만의 주변에는 구릉이 많다.

상무사는 그런 구릉 중 한 곳을 공연장처럼 만들었다. 덕분에 양측 이주민 수천 명이 구릉에 앉아서 공연을 관람할수 있었다.

흥겨운 농악과 남사당패의 해학 담긴 각종 공연이 진행되었다. 바타비아 사람들도 자신들의 민속무용과 전통 놀이를 들고나왔다.

　바타비아 인부를 선발하면서 우리말을 교육했다. 그러나 시작한 지 얼마 안 된 터라 인사말 정도 하는 게 고작이었다.

　그래서 모여 앉았음에도 굉장히 어색했다.

　그러나 축제가 이어지면서 상황은 달라졌다. 흥을 누구보다 잘 아는 조선 백성들이 먼저 어울렸다.

　조선의 이주민도 함께 장도에 올랐으나 아직은 서먹함이 많았다. 그런 어색함과 서먹함이 축제로 인해 급격히 옅어졌다.

　흥이 높아지면서 몇 사람이 바타비아 인부들과 대화를 시도했다. 비록 손짓, 발짓이 전부인 시도였으나 바타비아 인부들도 쭈뼛거리며 동참했다.

　이러면서 전혀 다른 색깔의 사람들이 조금씩 융화되기 시작했다. 그러던 어느 순간 전체가 어울려지면서 진정한 축제로 승화되었다.

　흥겨운 축제는 다음 날까지 열렸다.

　축제는 사람과 사람의 거리를 대폭 줄어들게 만들었다. 그 바람에 하와이를 출발할 때는 이전에 없던 동질감까지 자리 잡을 수 있었다.

　며칠 동안 쉬며 재충전한 선발대가 하와이를 출발했다. 올

개혁군주

때는 각자였으나 하와이에서의 출발은 함께였다.

여덟 척의 대규모 선단은 출항과 동시에 북미 방면으로 진로를 정했다.

하와이 지점장은 선단이 모두 사라질 때까지 전송했다.

그러고는 자신도 배에 올랐다. 그가 탄 배는 선발대와 달리 선수가 본토 방면이었다.

범선은 십여 일을 항해한 끝에 여의도에 도착했다. 마침 여의도에는 세자가 나와 있어서 보고는 곧바로 진행되었다.

보고를 받은 세자가 크게 기뻐했다.

"진주만 할양에 성공했단 말인가요?"

"그러하옵니다."

"허 장관이 참으로 큰일을 해냈네요. 나는 진주만 할양에는 시간이 필요할 거라 생각하고 있었어요."

박종보가 거들었다.

"저하! 뜻밖의 성과입니다. 시작부터 좋은 일이 생긴 것을 보니 북미 개척도 순조롭게 진행될 거 같습니다."

세자가 인정했다.

"진주만 할양으로 우리는 북미 진출 교두보를 확보하게 되었습니다. 아울러 북태평양 정책을 적극적으로 펼쳐 나갈 수 있게 되었고요."

"계획대로 통조림 공장까지 설치하면 금상첨화겠습니다."

"물론이지요. 윤태호 지점장."

"예, 저하."

"사탕수수 가공을 위한 설탕 공장도 착공해야 하는데, 이에 대한 준비는 어떻게 되고 있지요?"

그가 자신의 보고서를 제출했다.

"신이 작성한 보고서입니다."

세자가 보고서를 찬찬히 훑었다. 그러던 세자가 만족한 표정으로 보고서를 덮었다.

"잘하고 있군요. 예상보다 진척이 빠르군요."

"하와이 국왕이 현지 인부들의 수급을 적극적으로 도와준 덕분입니다."

"사탕수수 농장에도 그들을 고용하나요?"

윤태호가 고개를 저었다.

"고용하지 않고 있습니다. 사탕수수 농장의 일은 생각보다 고됩니다. 그렇다고 임금을 많이 줄 수도 없고요."

"잘했습니다. 하와이 사람들은 되도록 채용하지 않는 게 나중을 위해 좋습니다."

"명심하겠습니다. 그리고 저하, 앞으로 하와이로도 우리 이주민을 보내야 하지 않겠습니까?"

세자가 고개를 저었다.

"그렇게 할 필요는 없습니다. 우리 백성들은 농장을 하겠다는 사람이나 현지에서 장사 등을 할 수 있는 사람에 한해서만 이주를 시킬 겁니다."

개혁군주

"진주만 개발을 본격화하려면 많은 인력이 필요합니다. 이러한 인력은 어떻게 수급을 합니까?"

"인부들은 지금처럼 화란양행의 도움을 받아 남방에서 충원하세요. 그래도 부족하면 오 부대표와 협의해 인도에서 충원하면 됩니다."

박종보가 세자의 의도를 알아챘다.

"저하께서는 우리 자본으로 하와이 경제를 장악하게 만들려고 하시는 거로군요."

"그렇습니다. 하와이는 요충지입니다. 그러나 영국이 먼저 진출해 있는 상황이어서 그들의 반발을 잠재우며 어떻게 할 수는 없습니다. 그래서 먼저 경제를 장악해 예속화하려는 겁니다."

"진주만이 우리의 손에 들어왔으니 충분히 가능한 일입니다."

세자가 일어났다.

"나는 입궐해야겠어요. 아바마마께서 이 소식을 들으면 크게 기뻐하실 거예요. 그러니 외숙께서는 하와이 지점장과 협의해 다음 일정을 진행하세요."

박종보가 확인했다.

"통조림 공장 건설에 필요한 자재부터 챙겨서 보내겠습니다. 아울러 주둔 병력도 함께요."

"그리하세요."

윤태호가 확인했다.

"저하! 함대는 언제 구성이 되옵니까?"

"오늘 입궐해서 아바마마께 태평양함대 편성에 대한 윤허를 받을 거예요. 그러면 머잖아 수군 선발대가 구성될 거예요."

"알겠습니다. 돌아가서 그에 대한 준비를 미리 해 놓겠습니다."

"그렇게 해 주세요. 그리고 이번 성과에 대한 포상은 따로 할 터이니 기대해도 좋을 거예요."

세자는 상무사를 운영하면서 신상필벌을 분명히 해 왔다. 그러면서 큰 공을 세우면 깜짝 놀랄 정도의 포상을 여러 차례 실시했다.

그런 사실을 누구보다 잘 알고 있는 윤태호가 큰 소리로 인사를 했다.

"황감하옵니다."

세자는 흐뭇한 표정으로 몸을 돌렸다.

빈틈을 노리다

세자의 보고를 받은 국왕은 파안대소했다.

"하하하! 북미원정대가 출발한 지 이제 겨우 한 달여다. 그 짧은 기간에 벌써 이런 성과를 가져왔단 말이더냐?"

"그러하옵니다. 군정장관 허원이 하와이 국왕을 능수능란하게 설득했다고 하옵니다."

대신들이 다투어 축하 인사를 했다.

놀랍게도 대부분의 대신은 진주만의 가치를 잘 알고 있었다. 그런 축하 속에서 유일하게 병조판서 이경일이 우려를 나타냈다.

"저하! 진주만을 얻은 일은 더없이 경하할 일이옵니다. 하오나 300톤급 범선을 넘겨주는 일은 문제가 되지 않겠사옵니까?"

병조판서의 이의 제기에 편전의 분위기가 급격히 가라앉았다.

모두의 시선이 쏠렸음에도 세자는 당당히 자신의 생각을 밝혔다.

"범선 무상 제공은 솔직히 저도 의외였습니다. 그러나 저는 허원 군정장관의 선택이 옳았다고 생각합니다. 그래도 될 만큼 진주만은 태평양 최고의 요충지입니다."

이경일이 다시 나섰다.

"범선은 저하께서 화란양행과의 담판에 성공하면서 도입되었사옵니다. 그럼에도 우리가 직접 건조하는 데에는 상당한 노력이 더 들어갔고요. 만일 하와이가 우리가 제공한 범선을 바탕으로 그들만의 범선을 만든다면 문제가 되지 않겠습니까?"

세자가 딱 잘랐다.

"그 부분은 걱정하지 않으셔도 됩니다. 범선은 무상으로 제공하겠지만 하와이왕국은 아직 관리 능력이 없습니다."

"지금 당장은 없겠지만 언젠가는 기술력을 습득하지 않겠습니까?"

세자가 싱긋이 웃었다.

그 모습을 본 국왕이 나섰다.

"달리 생각해 둔 바가 있느냐?"

"예, 아바마마. 병판 대감의 우려대로 저들은 분명 범선을 제작해 보려는 시도를 할 것입니다. 그러나 범선 제작은 우리가 기술을 이전해 주지 않으면 자체 제작이 불가능합니다. 물론 오랜 시간 노력을 기울이면 가능은 하겠지만 결코 쉽지 않사옵니다. 그리고 설령 저들이 많은 노력을 기울여 제작 기술을 습득한다고 해도 걱정하지 않습니다."

"대비책이 있다는 말이구나."

"그러하옵니다."

세자가 중신들에게 단언했다.

"저들이 범선을 건조할 즈음이면 하와이 경제를 우리가 완전히 장악하게 됩니다."

좌의정 이시수가 확인했다.

"하와이를 본국에 예속하겠다는 말씀이군요."

"그렇습니다. 저들이 원하지 않더라도 반드시 그렇게 만들 것입니다. 그렇게 해야 할 만큼 하와이는 지정학적인 요충지입니다. 우리의 국익을 위해 하와이를 절대 다른 나라에 넘겨줄 수는 없습니다."

순간 편전이 조용해졌다.

대신들은 하나같이 놀라고 있었다. 세자가 처음으로 정복욕을 거침없이 드러냈기 때문이다

국왕이 크게 웃었다.

"하하하! 우리 세자가 드디어 흉중의 뜻을 드러내었구나!"

대신들의 눈이 더 커졌다.

국왕이 세자가 생각을 이전부터 알고 있었단 말을 한 것이다. 그러나 지금까지 다른 사람들은 전혀 그러한 생각을 알아채지 못하고 있었다.

국왕이 호탕하게 결정했다.

"오냐, 좋다! 뭐든지 해 봐라. 지금까지 네가 보여 준 성과가 얼마인데 누가 너의 역량을 의심하겠느냐. 과인은 누구보다 세자를 믿는다."

세자가 급히 몸을 숙였다.

"황감하옵니다. 소자는 아바마마의 믿음에 부응할 수 있도록 더 노력하겠사옵니다."

병조판서 이경일이 급히 몸을 숙였다.

"저하께서 그러한 생각을 품고 계시는 줄 몰랐습니다. 공연한 걱정을 끼쳐 드려 송구하옵니다."

세자가 겸손하게 말을 받았다.

"아닙니다. 병판으로서 당연히 품어야 하는 의심이었습니다. 그럴 만큼 범선이 중요한 물건이 맞기도 하고요."

"감읍하옵니다. 저하! 그런데 영국은 탐욕스러워서 자신들이 진출한 지역을 쉽게 내주지 않는다고 들었사옵니다. 하온데 하와이는 영국이 먼저 진출한 지역입니다. 그런 하와이를 우리가 장악해도 문제가 없겠는지요?"

질문을 받은 세자가 흐뭇한 표정을 지었다.

국왕이 그런 세자를 의아하게 바라봤다.

"방금 병판이 문제를 지적했다. 헌데 너는 어찌하여 미소를 짓는 게냐? 혹여 병판의 질문이 잘못되었다는 게냐?"

세자가 급히 몸을 숙였다.

"아니옵니다. 소자는 병판 대감께서 국제 관계를 제대로 파악하고 계시는 사실이 반가웠을 뿐이옵니다."

국왕이 다시 호탕하게 웃었다.

"하하하! 우리 세자가 업무가 바빠 조정에서 일어나고 있는 일을 모르는 게 있구나."

"소자가 무엇을 모른다고 하시는지……."

"지난번 루이지애나 문제가 나왔을 때 과인은 큰 충격을 받았다. 나이 어린 너는 조선을 대국으로 만들기 위해 천하와 상대했다. 그런데 과인은 우물 안 개구리처럼 아직도 세상이 어떻게 돌아가는지 모르고 있었다. 루이지애나가 어디에 있는지조차 모를 정도로 말이다."

"그동안 상무사로부터 현안 보고를 주기적으로 받아 오셨지 않사옵니까? 그러면서 서양 제국에 대한 사정도 보고받으셨고요. 그런데도 모르신다면 대외 보고가 잘못되었다는 말씀이옵니까?"

국왕이 고개를 저었다.

"상무사의 잘못이 아니다. 상무사의 보고는 교역을 하는 상대에 대해 이뤄지는 경우가 많다. 그런데 막상 대외 관계는 그것만으로는 부족하더구나. 다른 건 몰라도 네가 하는 일의 본말 정도는 바로 알아야 하지 않겠느냐. 그런데 과인은 네가 설명을 해 주었음에도 제대로 이해를 못 했었다."

"그러셨습니까?"

"그래. 그런데 과인뿐이 아니었다. 조정 중신들 모두 그때 큰 충격을 받았었다."

이 말에 모든 중신이 고개를 끄덕였다. 그런 그들의 얼굴에서 은은한 홍조가 피어올랐다.

"과인은 부끄러웠다. 그래서 과인은 제대로 국제 정세를 공부하기로 결정했다. 이런 과인의 결정을 중신들도 크게 반기면서 그동안 처남의 도움을 계속 받아 왔다."

"외숙께서 도움을 주셨군요."

"그래. 상무사에 보관된 수많은 자료와 직원들의 도움을 받았다. 특히 너에게 직접 교육을 받은 직원들의 도움이 컸다. 그런 노력 덕분에 과인도 중신들도 세상을 바라보는 눈이 조금은 뜨였구나."

우의정 서용보가 자책했다.

"저희가 용렬했사옵니다. 그동안 나름대로 외국에 대해 공부해 왔다고 자부했었는데 수박의 겉핥기였습니다. 그래서 제대로 국정을 이끌어 나가기 위해 국제 관계를 새롭게 공부하는 중입니다."

세자가 기꺼워했다.

"좋은 말씀이십니다. 앞으로 우리는 다양한 나라와 교류하며 살아야 합니다. 때로는 국익을 위해 전쟁도 서슴지 않아야 할 때도 있을 것이고요. 그러한 우리가 상대 나라의 진면목을 알고 있다면 국익에 큰 도움이 될 것입니다."

중신들이 흐뭇해했다. 그런 중신들의 표정에는 칭찬받은 학생들처럼 나이가 보이지 않았다.

세자가 말을 이었다.

"병판 대감의 질문에 대답하겠습니다. 영국은 나라의 크기와 인구가 희한하게 우리와 비슷합니다. 그런 영국이 세계 최강대국으로 성장하게 된 비결은 오직 하나입니다. 그게 무엇인지 이제는 다들 아실 겁니다."

국왕이 대답했다.

"증기기관이나 방직기와 같은 기술혁신에 성공했기 때문이다. 그런 기술혁신으로 대자본을 형성한 덕분에 세계로 진출할 수 있었다."

"아바마마께서 정확히 짚으셨습니다. 맞습니다. 영국이 최강대국으로 부상할 수 있었던 근간은 기술혁신입니다. 증기기관이란 동력원이 만들어지면서 대규모 공장 설립이 가능해졌습니다. 이전에는 버려야 했던 갱도도 다시 채굴하게 되면서 광산업도 비약적으로 발전했습니다. 그러면서 다양한 종류의 기술도 폭발적으로 혁신시켜 왔고요."

중신들 모두가 고개를 끄덕였다.

"영국은 오래전부터 식민지를 넓히고 있습니다. 그런 영국이 가장 중점을 쏟는 지역이 바로 인도 대륙입니다. 그러나 진출한 지 200여 년이 되었음에도 인도 대륙을 제대로 장악하지 못하고 있는 상황입니다."

국왕이 질문했다.

"영국은 서양의 최강대국이다. 그런 영국이 그토록 오랫동안 공을 들였음에도 장악하지 못한 까닭이 무엇이냐?"

"인도의 특성 때문입니다. 그리고 프랑스와의 경쟁도 문제였고요."

"인도의 특성이 무엇이냐?"

"인도 대륙을 형식적으로 지배하고 있는 나라는 무굴제국입니다. 그러나 실제로는 수백 개의 번왕국으로 나뉘어 있습니다. 그런 번왕국 중 큰 나라는 본국보다 몇 배나 크고요. 작은 나라는 일개 고을 정도의 규모도 있습니다. 이런 나라를 하나하나 상대하는 일은 지난합니다. 그리고 초기에는 프랑스와 경쟁도 심했고요."

"그래서 다른 지역으로 힘을 분산하지 못한다는 말이구나."

"그렇사옵니다. 인도는 인구도 엄청납니다. 그런 인도를 얻기 위해 영국은 온 국력을 집중하고 있는 상황입니다. 그런데 본토는 지금 프랑스와 최악의 대치 중이고요. 이런 제약 때문에 영국은 북태평양 지역으로 본격적인 세력을 뻗치

지 못하고 있는 상황입니다."

병조판서 이경일이 나섰다.

"그러한 틈을 활용하기 위해 적극적으로 북미 개척을 추진하시는 거로군요."

"맞습니다. 영국은 앞으로 상당 기간 밖으로 시선을 돌리지 못하게 됩니다. 그동안 우리는 북미 지역에 확고한 지위를 확보해야 합니다. 그래야 나중에 영국과 북미 북부 지역을 놓고 담판을 벌일 수 있습니다."

국왕은 궁금했다.

"협상은 상대적이다. 네가 말한 북미 지역은 엄청나게 넓다. 그런 지역을 획득하기 위해서는 그만한 대가를 지급해야하지 않겠느냐?"

"물론이옵니다. 소자는 이미 오래전부터 그러한 날을 위해 다양한 준비를 해 왔습니다. 그런 준비가 분명 그들과의 담판에 큰 도움이 될 것입니다."

세자는 자세한 사정을 밝히지 않았다. 국왕은 연유가 있을거라 생각하며 더 확인하지 않았다.

"그 문제는 네가 알아서 잘 준비를 해라."

"예, 아바마마."

국왕이 현안을 질문했다.

"진주만에 주둔시킬 함대를 태평양함대로 명명한다고 했느냐?"

"그러하옵니다."

병조판서 이경일이 나섰다.

"서귀포의 대양함대를 나뉘게 되옵니까?"

"지금으로선 그게 최선으로 보입니다. 대양함대에서 꾸준히 북태평양 일대를 항해하면서 다양한 훈련을 해 왔습니다. 그런 경험이 함대 운용에 큰 도움이 될 것입니다."

"지상 병력은 해병대를 보내면 되겠습니까?"

"당연히 해병대를 보내야지요. 당장은 많은 병력이 필요 없을 터이니 중대 규모를 선발대로 편성하면 될 겁니다. 그러다 시기를 봐서 대대를 배치하면 되고요."

"해안포대도 설치해야겠지요?"

"물론입니다. 진주만은 입구가 좁은 부채꼴 모양입니다. 만 안에 작은 섬도 있고요. 그런 형태에 맞게 해안포대도 적절히 배치하면 됩니다."

"알겠습니다. 대양함대 사령관 임률 제독과 협의해 서둘러 함대를 재편하겠습니다."

"잘 부탁드립니다."

국왕이 말을 돌렸다.

"북방개척단에서 들어온 보고는 없느냐?"

세자가 대답했다.

"북방은 계획대로 차곡차곡 진출해 나갈 것입니다. 며칠 전에는 원산에서 각종 지원 물자를 선적한 수송선이 출항했

개혁군주

다는 보고가 들어왔사옵니다."

"수송선은 네가 말했던 동명(東明)항으로 넘어간 것이더냐?"

동명은 블라디보스토크를 말한다.

"그렇사옵니다. 동명은 선착장을 건설하지 않아도 수송선이 정박할 정도로 수심이 깊습니다. 만의 넓이도 상당해서 장차 북방 지역의 거점 항구로 육성할 계획입니다. 그래서 이전부터 차곡차곡 주둔지 건설을 해 오고 있었사옵니다."

국왕도 이미 보고를 받은 사안이었다.

"지금까지도 그래 왔지만, 앞으로도 그런 부분은 네가 알아서 잘 진행해라. 그러나 그 일대는 아직 확실한 우리의 강역이 아니니 모든 일을 조심해서 진행해야 한다."

"북방과 연해 지역은 오래전부터 여러 준비를 해 오고 있어서 크게 걱정하지 않아도 되옵니다. 그러나 아바마마의 명이 계시니 좀 더 주의를 기울이라고 하겠습니다."

"만사 불여튼튼이다. 대부분의 만주족은 농사를 짓기 위해 정주하지만, 일부는 목축을 위해 유목 생활을 한다. 그런 만주족이 동명으로 넘어올 수도 있음이야."

"명심하겠사옵니다."

국왕이 대신들을 둘러봤다.

"벌써 날이 가을에 접어들고 있소이다. 가장 우려했던 군제 개편이 안착하고 있는 것 같아 참으로 다행이오."

영의정 이병모가 몸을 숙였다.

"모두가 전하의 홍복이옵니다."

"고마운 말씀이오. 허나 아직은 긴장의 끈을 놓을 때가 아니오. 이제 본격적인 징병이 실시되어야 하오. 그리고 내년부터는 전국적으로 대학이 설립될 예정이오. 교육은 백년지대계라고 했으니 이 또한 조정이 전력을 다해 준비를 해야할 것이오. 그래야 곧이어 시행될 의무교육을 제대로 진행할수 있을 것이오."

예조판서 이만수가 몸을 숙였다.

"개교 일정에 맞춰 모든 준비를 차질 없이 해 놓겠사옵니다. 그리고 전국의 유력 서원들을 중심으로 대학 설립에 큰관심을 보이고 있사옵니다. 지금의 추세라면 십여 개 이상이개교를 할 것으로 예상되옵니다."

세자가 고개를 끄덕였다.

"예상대로 흘러가는군요. 역시 서원 철폐가 사립대학 설립에 큰 영향을 끼쳤나 보네요. 그게 좋은 의미든 나쁜 의미든 말입니다."

"맞는 말씀입니다."

"어쨌든 나라를 위해서는 좋은 일이어서 다행입니다. 인재 양성을 위해서는 대학이 많을수록 좋으니까요."

"그런데 사립대학이 한꺼번에 설립되면서 교수 자원이 부족해져서 문제입니다."

개혁군주

세자가 고개를 저었다.

"그 부분은 어쩔 수 없어요. 당장은 입학 정원을 조정하며 교원이 양성될 때까지 기다려야 해요."

이만수가 우려했다.

"사립대학 설립 관계자들이 반발하지 않을까 저어되옵니다. 가뜩이나 서원 철폐에 불만이 많은 유림이 교수 부족을 빌미로 서원 철폐를 성토할 수도 있사옵니다."

예상하고 있는 사안이었다.

세자의 대답이 거침없었다.

"성토할 사람도 당연히 나오겠지요. 그러나 그런 일은 별로 없을 거예요. 조정에서는 대학 설립을 오래전부터 권장해 왔어요. 그럼에도 어느 서원도 지난해까지 신청도 하지 않았어요. 그러다 갑자기 나서는 바람에 교수 부족 현상을 걱정하게 되었고요. 교원 부족은 서원이 자초한 일입니다."

국왕이 나섰다.

"우려되는 교수 부족 문제는 시간이 지나야만 해결이 된다. 그러니 대학 설립이 본격화되면 다시 논의하는 게 좋을 거 같구나."

"예, 알겠습니다."

국왕이 중신들에게 당부했다.

"개척단들은 벌써부터 대단한 활약을 하고 있소이다. 그런 개척단들의 노력이 허사가 되지 않도록 조정은 철저하게 뒤를 받쳐 주어야 할 것이오."

"명심하겠사옵니다."

대답하는 조정 중신들의 목소리에는 그 어느 때보다 힘이 들어 있었다.

※

북미개척단과 달리 북방개척단은 육상으로 이동했다. 그런 개척단은 두만강을 건너면서 일정 지역마다 개척단들을 분리시켰다.

개척단들이 분리된 지역은 그 주변에서 정착하기 가장 좋은 위치였다. 이런 곳마다 어김없이 통나무가 산더미같이 쌓여 있었다.

조선군은 몇 년 전부터 주기적으로 북방 지역을 정찰해 왔다. 그렇게 정찰을 다니던 장병들은 정착촌이 건설될 부지도 함께 물색했다.

그러다 좋은 자리가 나오면 틈틈이 주변 나무를 잘라 놓았다. 이런 나무는 충분히 잘 말라서 목재로 사용하기 제격이었다.

덕분에 개척단들은 빠르게 정착촌을 건설할 수 있었다. 이런 개척단을 지원하기 위해 해상으로 각종 장비가 지원되었다.

북방기병여단은 정착촌마다 일부 병력을 주둔시켰다. 개척민을 보호하고 정착촌 건설에 힘을 보태기 위해서였다.

그렇게 개척단과 병력을 배치하며 이동하던 본진은 한 달여 만에 동명에 도착했다.

동명은 반도의 끝에 있다.

그런 동명은 천혜의 양항지로 깊은 만을 갖고 있다. 항만이 건설될 만은 안으로 다시 꺾여 있어서 폭풍우로부터도 안전했다.

더욱이 맞은편에는 상당한 크기의 섬까지 있다. 이 섬으로 인해 항구는 외부로부터 자연적으로 보호되어 있었다.

북방기병여단 본진이 도착한 곳은 동명이 내려다보이는 낮은 언덕이었다. 북방기병여단장 유병호가 도착해 있는 수송함을 보고는 기뻐했다.

"하하! 우리보다 저들이 먼저 도착해 있구나."

참모장도 즐거워했다.

"다행입니다. 오늘은 모처럼 제대로 된 저녁을 먹을 수 있겠습니다. 지금까지 야영을 하느라 모두들 지쳤는데, 주둔지를 보니 없던 힘도 절로 생기는 거 같습니다."

"하하하! 그런 거 같아. 참모장은 이 언덕과 주변 거점에 감시 병력을 배치하도록 해."

"예, 알겠습니다."

유병호가 먼저 내려갔다. 참모장은 주변을 둘러보며 거점 지역마다 병력을 배치했다.

　잠시 후.

　유병호가 해안으로 내려왔다. 동명에는 항구를 중심으로 수십 개의 막사가 준비되어 있었다.

　북방기병여단은 동명까지 오면서 거의 매일 인원을 분리했었다. 그렇게 삼십여 곳의 정착촌 예정지에 인원과 병력을 배치한 결과, 동명에는 2개 대대와 본부병력만 도착했다.

　"어서 오십시오."

　수송선 선장이 유병호와 병력을 환대했다.

　"오래 기다리셨습니까?"

　"많이는 아니고 도착한 지 사흘 되었습니다."

　"이런! 우리가 좀 더 속도를 낼 걸, 잘못했네요."

　선장이 펄쩍 뛰었다.

　"별말씀을 다 하십니다. 잘못이라니요. 기다리는 저희가 무엇이 힘들다고 그런 말씀을 하십니까? 고생은 여기까지 육로로 이동해 온 북방기병여단이 하셨지요."

　"하하! 그렇게 되나요?"

　"안으로 드시지요. 여러분들이 오시는 걸 보고 음식을 준비해 두었습니다."

　유병호가 난색을 보였다.

　"고마운 말씀입니다. 하지만 함께 고생한 장병들을 놔두고 저 혼자 좋은 음식을 먹을 수는 없습니다."

선장이 호탕하게 웃었다. 그가 십여 명의 아낙과 몇십 명
의 사내들을 손으로 가리켰다.

"하하하! 그 점은 조금도 걱정 마십시오. 저기를 보십시
오. 여러분들을 대접하기 위해 소를 잡아 수육도 삶고 설렁
탕까지 끓이고 있습니다. 아마도 장병들 모두 드실 만큼 음
식은 넉넉할 겁니다."

유병호가 반색을 했다.

"그렇다면 다행입니다."

두 사람은 잠시 서서 한담을 나눴다. 이러는 동안 참모장
이 내려오면서 함께 본부 막사로 들어갔다.

북방기병여단은 사흘 동안 푹 쉬었다.

그렇게 여독을 푼 유병호가 일단의 병력을 이끌고 북상했
다. 세자가 지시한 북부 지역을 조사하기 위해서였다.

연해 지역은 고구려에 이어 발해가 통치하던 지역이다. 숙
신(肅愼)·말갈(靺鞨)의 땅이었으며 지형은 동고서저다.

한반도와 비슷한 형태다.

바다를 접해 형성된 산줄기는 거대해서 무려 900여 킬로
미터나 이어진다. 그런 산줄기는 한반도로 넘어와 장백정간
을 거쳐 백두대간까지 내려간다.

정찰대는 그래서 둘로 나뉘었다.

하나는 해안을 따라 북상했으며, 다른 하나는 내륙의 산지

외곽을 따라 북상했다. 이 중 유병호가 지휘하는 정찰대는 내륙 방면이었다.

각각의 병력은 중대 규모였다.

정찰대로서 중대 병력은 과한 숫자다. 그럼에도 이 정도 규모의 병력을 편성하게 된 것은 전적으로 세자의 충고 때문이었다.

유병호가 세자와 대화를 떠올렸다.

※

세자가 지도를 짚으며 설명했다.

"여기가 흑룡강이에요. 그런데 이 강의 북부 지역으로 올라가면 의외의 상황과 맞닥뜨릴 수 있어요."

"의외의 상황이라면 많은 수의 만주족을 만날 수 있다는 말씀입니까? 지금까지 북방을 정찰했어도 연해 지역은 만주족이 거의 없었습니다."

세자가 고개를 저었다.

"지금까지 정찰에 주력한 지역은 흑룡강의 아래 지역이에요. 그리고 만주족을 말하는 게 아니에요. 유 여단장은 러시아를 아시지요?"

"물론입니다."

"러시아는 시베리아를 개척해 나오면서 호시탐탐 남진을

노려 왔어요. 그런 불곰의 야욕을 청국의 강희제가 꺾어 내
면서 불발에 그치고 말았고요. 그렇지 않았다면 러시아는 분
명 몽골 초원까지도 장악했을 거예요."

"그만큼 러시아가 강성하다는 말씀입니까?"

"강성한 것보다 치밀하다고 해야 맞을 거예요. 시베리아
를 공략한 러시아는 절대 무리하지 않았어요. 시간을 두고
차곡차곡 원하는 지역을 잘라먹듯 공략해 왔지요. 그런 러시
아의 공략 전술은 적은 병력으로도 큰 효과를 거둘 수 있었
고요."

유병호가 크게 고개를 끄덕였다.

"옳은 말씀입니다."

"러시아는 청국과 전쟁에 이은 영토 협상으로 남진이 좌절
되었지요. 그래서 러시아는 동쪽으로 영토를 확장해 나갔지
요. 그러던 그들이 마침내 바다와 만나게 되었고요."

"태평양까지 진출했다는 말씀이군요."

"그래요, 태평양. 더 이상 동진을 못 하게 된 러시아는 그
대로 뜻을 접지 않았어요. 탐욕스런 러시아는 바다를 건너
알래스카까지 마수를 뻗었지요. 그리고 다시 남쪽으로 고개
를 돌려 부동항(不凍港)을 얻으려고 해요. 북방은 날씨가 혹독
해 겨울에서 봄까지 바다가 얼거든요."

유병호의 눈이 커졌다.

"소금물인 바다가 얼기도 하옵니까?"

"그래요."

"놀라운 일이옵니다. 소장은 바다가 언다는 말은 금시초문이옵니다. 하온데 그런 러시아의 야욕이 우리의 북방 정책과 상충되는 부분이 있사옵니까?"

세자가 지도를 다시 짚었다.

"당연히 있지요. 이곳 흑룡강부터 러시아와 국경이 되는 외흥안령(外興安嶺) 산지까지가 외만주(外滿洲) 지역이에요. 외흥안령은 러시아가 스타노보이산맥으로 불리는 험준한 산맥이지요. 그런 산맥 너머의 지역은 동토여서 농사를 지을 수 없어요. 그런데 그 산맥의 아래 지역은 다행히 농사를 지을 수 있어요. 그 지역을 가 보면 분명 러시아를 도왔던 원정대가 정착해 있을 거예요."

유병호의 눈이 커졌다.

"러시아를 도운 원정대가 청나라 국경을 넘어와서 정착해 있다는 말씀입니까?"

"그래요."

유병호가 연신 고개를 갸웃했다.

"이해가 되지 않사옵니다. 청나라는 최강대국이었습니다. 그런 청나라가 엄연히 있는데 어떻게 그런 일을 벌일 수 있단 말씀이옵니까?"

"역설적이게도 그 모두가 청국이 공표한 봉금령 때문이에요. 청국은 봉금령을 선포해서 한족의 만주지역 출입을 철저하게 차단해 왔어요. 그 바람에 봉금령의 드넓은 지역에 수십만도 안 되는 만주족만 살게 되었고요. 그런 만주족들도 대부분 성경을 비롯한 요동과 압록강 주변에 몰려 있어요. 물론 다른 지역도 흩어져 살기는 하지만 그 숫자는 미미한 편이고요."

유병호가 그제야 이해했다.

"사람이 거의 살지 않는 지역은 청나라도 크게 신경을 쓰지 않겠군요. 그런 틈을 러시아가 비집고 들어온 것이고요."

"그래요. 그런데 그렇게 불법으로 정착한 그들은 본래의 러시아 사람들이 아니에요."

유병호가 놀라 반문했다.

"예? 그게 무슨 말씀이옵니까? 러시아 원정대가 러시아 사람이 아니라니요?"

"그래요."

세자가 다시 지도를 짚었다.

"그들은 카자크 부족으로 이곳 우크라이나와 이곳 흑해 연안 출신들이지요."

"그런 사람들이 어떻게 원정대가 되었지요? 아! 그렇군요. 카자크가 용병이었나 보군요."

세자가 고개를 끄덕였다.

"그렇습니다. 러시아가 동진을 추진하던 초기는 지금과 같은 대국이 아니었어요. 그들의 수도였던 모스크바 일대가 영토인 대공국에 불과했지요. 그러다 걸출한 영도자가 나오면서 급격히 영토를 확장하게 되었어요. 그런 확장 정책의 일환으로 시작된 시베리아로의 영토 확장을, 용병인 카자크들이 맡게 되었고요."

유병호가 고개를 갸웃했다.

"저하께서는, 러시아는 서두르지 않고 꾸준히 영토를 늘려 왔다고 하셨습니다. 그렇다면 저들이 시베리아를 완전히 장악하기까지 상당한 시간이 소요되었을 겁니다. 그 오랜 기간을 어떻게 카자크들이 용병이 활동할 수 있었을까요? 혹시 카자크 용병들이 거부하기 어려운 특별 혜택을 주었던 것입니까?"

세자가 감탄했다.

"놀랍게도 바로 맞히셨네요. 바로 그들에게 부여한 특혜 덕분에 러시아가 시베리아를 장악할 수 있었지요. 러시아 백성들은 대부분 귀족의 장원에서 농노나 다름없는 비참한 생활을 합니다. 자유민들도 혹독한 세금에 허덕이고요."

이 정도는 유병호도 알고 있었다.

"저도 그렇다는 말은 들었습니다."

"그런 러시아가 카자크 원정대에게 파격적인 특혜를 주었지요. 바로 세금을 면제해 주었으며, 카자크가 잡은 모피를 우선적으로 사 주었지요."

유병호의 표정이 묘해졌다.

"이해가 되지 않습니다. 겨우 세금 면제를 해 준 게 대단한 특혜란 말씀입니까?"

세자가 고개를 저었다.

"모르는 말씀이에요. 면제해 주는 것이 대단한 특혜일 정도로 러시아의 세금은 혹독하기로 유명합니다. 그런 러시아는 전형적인 귀족 사회로 귀족이 아니면 제대로 생활조차 어려운 나라예요."

"아! 그렇군요."

"그런 혜택이 카자크의 발목을 잡게 되면서 끝없이 동진을 해야만 했지요. 그래서 태평양까지 도달하게 된 것이고요."

"대를 이어서 용병이 되었겠습니다."

"맞아요. 카자크 원정대는 몇 대를 이어 오면서 이동이 생활화되었지요. 그러다 태평양을 만나면서 더 이상 동진할 수가 없게 되면서 정착을 할 수밖에 없었고요."

"그러면 러시아 땅에 정착을 하거나 돌아가면 되는 일이 아닙니까?"

세자가 고개를 저었다.

"그럴 수 없었어요. 방금 말한 대로 시베리아는 너무 추워서 정착하기 쉽지 않아요. 더구나 몇 대를 이어서 동진을 해왔기에 자연스럽게 돌아갈 수도 없게 되었고요. 그래서 궁여지책으로 그나마 농사를 지을 수 있는 외만주로 숨어들어 온 것이지요."

"러시아도 그런 사실을 알고 있나요?"

"당연히 알고 있을 거예요. 아니, 알고 있으면서도 분명 모른 척 외면하고 있겠지요."

유병호가 얼굴을 붉혔다.

"말도 안 됩니다. 카자크 덕분에 드넓은 북방 영토를 얻은 러시아입니다. 그렇다면 원정이 끝나면 그들이 편안히 안착할 지역을 내주어야 하는 거 아닌가요?"

세자가 웃었다.

"하하하! 유 여단장께서도 화가 나는가 봅니다."

유병호가 급히 몸을 숙였다.

"송구하옵니다. 소장이 공연히 감정이입이 되어서 저하께 결례를 범했습니다."

"아닙니다. 이해합니다. 대를 이어 충성을 했는데 아무런 배려도 받지 못했다면 누구라도 화가 날 밖에요."

"그런데 그런 냉대를 받았는데도 카자크들은 왜 반발을 하지 않습니까?"

세자가 고개를 저었다.

"그들의 입장에서는 할 수가 없었어요. 카자크들은 오랫동안 러시아의 식량 지원을 받아 가며 생활해 왔습니다. 물론 공짜는 아니고 자신들이 잡은 모피로 식량이나 생필품을 구해 왔지만요. 그런데 만일 그런 지원이 끊기면 어떻게 되겠습니까?"

유병호가 고개를 저었다.

"그렇군요. 그리된다면 혹독한 북방에서 살아남기 어려울 겁니다."

세자가 격하게 동조했다.

"바로 그게 문제예요. 그래서 아무리 억울해도 반발을 못한 겁니다. 러시아도 카자크 원정대의 그런 약점을 이용해 반발을 주저앉힌 것이고요. 그 바람에 카자크들은 어쩔 수 없이 정착이 가능한 외만주로 흘러들어 온 것이지요."

"남진을 해야 하는 러시아로서는 그런 사실을 알고도 방관하였겠습니다."

"맞습니다. 불감청 고소원인 상황이 되었으니 모른 척하고 있는 거지요."

유병호가 궁금했다.

"상황은 대강 이해가 되었사옵니다. 하온데 세자 저하께서는 그러한 사실을 어떻게 알게 되신 것입니까?"

세자의 목소리가 낮아졌다.

"유 여단장은 내가 전생을 기억한다는 소문을 듣지 못했나 봐요?"

유병호의 눈이 더없이 커졌다.

"알고 있사옵니다. 그런데 그 소문이 정녕 사실이었단 말씀이옵니까?"

세자가 고개를 저었다.

"정확히는, 전생이 아니고 꿈에서 본 세상이었어요. 그래서 전부는 아니더라도 역사적으로 중요한 일 정도는 기억을 하지요."

"그러시군요."

이러던 유병호의 눈이 커졌다.

"그런데 저하의 기억에 남아 있을 정도라면 카자크 원정대가 역사적으로 중요한 존재라는 의미이지 않사옵니까?"

"그렇습니다. 시베리아는 거대한 땅입니다. 그런 시베리아를 러시아 영토로 만든 게 카자크 원정대이니 얼마나 중요한 존재입니까."

"그렇기는 하옵니다. 하온데 우리와 하등 관계가 없는 카자크입니다. 그런 존재를 소장에게 알려 주시는 까닭이 무엇이신지요?"

"카자크 원정대는 지금 거의 버려진 존재나 마찬가지예요. 러시아도 일부러 외면하고 있는 상황이고요. 그래서 나는 유여단장이 이번 원정을 통해 그들을 만나 보았으면 해요."

유병호가 침음했다.

"으음! 저하의 지시이니 그리하겠습니다. 그런데 소장이 그들을 만나 무슨 일을 할 수 있겠사옵니까?"

"이전이었다면 아무 일도 할 수가 없었겠지요. 아니, 하려 해도 방법이 없었을 겁니다. 그러나 지금은 달라요. 러시아에게 거의 버려진 저들에게 우리는 새로운 돌파구가 될 수가 있어요."

개혁군주

이어서 세자가 지시 사항을 상세히 전달했다.

그런 지시를 몇 번이나 숙지한 유병호가 질문했다.

"알겠사옵니다. 하온데 저들이 우리 조선을 알고는 있겠사옵니까?"

세자가 놀라운 말을 했다.

"우리 조선은 오래전 저들과 두 번이나 맞싸운 적이 있어요. 그 전투가 북방 역사에 중요한 전환점이 되었고요. 그래서 과거를 기억하는 카자크라면 우리 조선에 대해 알고 있을 겁니다."

유병호가 자책했다.

"아! 맞습니다. 효종대왕 시절, 청의 요구로 두 번이나 출병해서 러시아의 남진을 막아 낸 사실이 있었습니다."

"맞아요. 청나라는 우리의 출병으로 러시아의 남진을 막아 내며 만주를 지켜 냈지요. 그 덕분에 청은 러시아와 국경조약을 체결할 수 있었던 겁니다. 그 당시 우리와 싸웠던 러시아 병력이 바로 카자크 원정대였으며, 전장은 흑룡강과 그일대였어요."

유병호의 눈이 커졌다.

"그러면 우리가 찾아가려는 곳이 과거 저들과 우리가 격돌했던 현장이란 말씀이군요."

"그래요."

세자의 지시가 다시 한동안 이어졌다.

유병호가 몇 번이고 고개를 끄덕이며 지시를 경청했다.

참모장이 유병호의 회상을 깨웠다.
"여단장님, 무슨 생각을 그렇게 하십니까?"
유병호가 황급히 현실로 돌아왔다.
"출정 전에 세자 저하를 만나 뵈었던 기억을 떠올렸어."
"아! 카자크 원정대에 관한 말씀이군요."
"그래."
"세자 저하의 바람대로 되었으면 좋겠습니다."
유병호가 다짐했다.
"그렇게 되도록 최선을 다해야지."
"예. 동행은 못 하지만 부디 좋은 성과를 거두고 돌아오시길 기원하겠습니다."
"고마워. 돌아올 때까지 동명을 잘 부탁해."
"여기는 염려 마시고 무사히 잘 다녀오십시오."
유병호는 말에 올랐다. 그러고는 마음을 다잡기 위해 대기하던 병력을 둘러보면서 팔을 들었다.
"부대! 출발하라!"
지시가 떨어지자 중대 병력이 천천히 이동을 시작했다. 그런 병력의 선두로 몇 필의 말이 정찰을 위해 달려 나갔다.

진정한 용병

유병호의 원정대는 천천히 북상했다. 그렇게 며칠을 북상
하던 원정대는 거대한 호수를 만났다.

흥개호(興凱湖)였다.

흥개호는 크고 작은 2개로 호수로 되어 있다. 그중 큰 호
수는 경기도의 절반에 가까울 정도로 넓어 주변을 옥토로 만
들어 주고 있었다.

호수로는 여러 물줄기가 흘러든다. 그렇게 흘러든 물줄기
는 오소리강(烏蘇里江)을 이루며 흘러 나가 흑룡강과 만난다.

북방원정대는 오소리강의 물줄기를 따라 북상했다.

한동안 평원이던 지형은 어느 순간 산지로 바뀌었다. 그런
산지가 며칠 이어지다 다시 평지가 나오면서 흑룡강이 나왔다.

흑룡강을 지역 원주민인 통구스족은 큰 강이라는 의미인 '아무르'로 부른다. 그런 이름이 붙을 정도로 흑룡강은 폭이 넓고 강이 깊다.

북방원정대는 여기까지 오는 동안 다행히 만주족과는 한 번도 조우하지 않았다. 그럼에도 유병호는 긴장을 늦추지 않았다.

"정찰대 셋을 편성한다. 한 조는 흑룡강을 따라 내려간다. 여기서 바다까지는 상당히 머니 이틀 정도까지 둘러보고 귀환하라. 두 번째 조는 오소리강을 건넌 뒤 흑룡강을 따라 북상한다. 역시 이틀을 둘러보도록 한다. 주의할 부분은 이 조가 둘러볼 지역은 북만주로, 분명 만주족이 강변 인근에 요새를 두어 거주하고 있을 거다. 그러니 특히 조심해서 정찰해야 한다. 그리고 세 번째 조는 흑룡강을 넘어 정찰한다. 역시 이틀거리까지 둘러보도록 하라. 자! 우선 강을 건너기 위한 뗏목부터 만들도록 하자!"

지시가 떨어지자 장병들이 일사불란하게 움직였다. 강변에는 크고 작은 침엽수 천지였다. 그런 나무를 베고 자르느라 뗏목은 하루가 지나서야 만들 수 있었다.

배호광 대위가 군례를 올렸다.

배호광은 유병호와 함께하고 있는 원정중대의 중대장이다. 중대장인 그는 본래 남아서 만일에 대비해야 했다.

그러나 그러지 않았다.

그는 가장 위험한 흑룡강 너머의 정찰을 자청하고 나섰다. 이런 그의 청원을 유병호가 수용하면서 일단의 병력과 함께 강변에 서 있었다.

　"충! 다녀오겠습니다."

　유병호가 주의를 주었다.

　"배 대위, 조심해서 다녀오도록 해. 그리고 카자크와 만나면 무조건 대화를 시도해야 해."

　"알겠습니다. 그런데 저들이 먼저 교전을 시도하면 반격해야 하지 않겠습니까?"

　유병호가 곤혹스러워했다.

　그러던 그가 고개를 저었다.

　"상대가 대화도 하지 않고 교전부터 하면 어쩔 수 없지. 만일 그런 상황이 되면 이유를 불문하고 전부 사살하도록 해. 중요한 건 귀관과 장병들의 안위가 우선이야."

　"감사합니다. 그들을 만나면 최대한 조심해 가며 대화를 시도해 보겠습니다. 그런데 카자크들이 한어를 할 수 있을까요?"

　"세자 저하의 예상으로는 가능성이 충분하다고 했어. 그래서 한어 통역을 대동하게 된 거잖아."

　"알겠습니다."

　배호광이 몸을 돌렸다.

　"차례로 뗏목에 올라라! 말이 놀랄 수가 있으니 최대한 조심해야 한다.”

하루가 걸려 만들었음에도 뗏목 크기는 한계가 있었다. 그래도 크기는 상당했으나 십여 명의 병사와 말을 태우는 게 고작이었다.

북방 지역 강은 대부분 물살이 세다.

흑룡강도 예외는 아니어서 뗏목은 병사들의 노력에도 불구하고 한참을 흘러내려 갔다. 그러나 다행히 맞은편에 안착할 수 있었으며, 이때부터 줄을 활용한 도강이 시작되었다.

도강은 한나절이나 걸렸다. 그 바람에 강을 건너자마자 휴식을 취하면서 점심을 먹었다.

배호광은 분배된 통조림을 집어 들었다.

“이 통조림이 없었다면 원정하는 동안 고생이 많았을 거야.”

통조림을 따던 준무관이 거들었다.

“맞습니다. 통조림이 없었다면 밥을 짓느라 끼니마다 솥을 걸어야 해서 많이 고단했을 겁니다. 그리고 이 수통과 반합도 야전에서 더할 수 없는 효자이고요.”

준무관이 허리에 찬 수통과 불 위에 걸린 반합을 바라봤다. 배호광도 이 말에 적극 찬성했다.

“옳은 말이야. 주석으로 만든 수통이나 황동 반합을 보면 우리나라 기술이 참 많이 발달했다는 생각이 들어.”

“저도 그렇습니다. 이전이었다면 전부 사람이 두드려서

만들었을 터인데 지금은 기계로 찍어 내지 않습니까? 식판도 마찬가지고요."

"맞는 말이야."

"그런데 앞으로는 철모가 나온다고 하던데, 맞습니까?"

배호광의 고개가 끄덕여졌다.

"맞아. 이번에 원정 오기 전에 간부 교육을 받으러 갔는데, 거기서 들었어. 곧 시작될 대업에서는 모든 장병이 철모를 쓰게 된다고."

준무관의 고개가 갸웃거려졌다.

"철모는 너무 무겁지 않을까요? 머리를 보호하는 건 좋은데, 무거운 철모를 쓰면 이동하는 데 제약이 많을 터인데요."

"머리에 쓰면 본래 무게보다 덜 무겁다고 해. 그리고 철모 안에 고정시킬 수 있는 끈과 장치를 부착되어 있다니 괜찮을 거야."

"하긴, 조금 무겁다고 해도 죽거나 부상당하는 거에 비하면 아무것도 아니지요."

"당연하지. 개똥밭을 굴러도 이승이 좋다고 하잖아."

"그나저나 우리 세자 저하께서는 참으로 대단하십니다."

"뭐가 대단해?"

"생각해 보십시오. 바뀐 군복이 얼마나 편합니까? 이 가죽 군화도 대단하고요."

배호광도 동조했다.

"맞아. 우리 기병도 더없이 편하지만, 가죽 군화가 없었다면 육군은 발이 남아나지 않았을 거야."

"그렇지요. 그리고 배낭도 그렇고 식판, 반합, 수통, 모포 등 하나하나가 얼마나 소중합니까? 거기다 탄띠도 그렇고요. 만일 이런 장비가 없었다면 원정할 때 얼마나 불편했겠습니까?"

"그러고 보니 우리의 군장 하나하나가 대단한 발명품이야."

"맞습니다. 과거였다면 먹는 거 하나만 해도 큰일이었습니다. 솥을 이고 다녀야 했으며, 각자가 그릇도 챙겨야 했고요. 그런데 지금은 식판과 반합이면 끝이니, 정말 이게 상전벽해가 아니고 무엇이겠습니까?"

배호광의 고개가 수없이 끄덕여졌다.

"박 상사의 말을 들어 보니 우리가 정말 편해지기는 했네. 우리 기병도 배낭이 편하지만, 보병은 배낭 덕분에 행군 속도까지 빨라졌다고 하더라고. 전투 능력도 배가되었고."

"그럴 겁니다. 개인 장구가 편해지면서 치중(輜重)부대의 역할도 많이 줄어들었다고 합니다."

반합에 넣은 음식이 데워졌다.

두 사람은 각자의 반합을 들고는 수저로 음식을 찍어 먹었다. 이들이 사용하는 수저의 앞부분은 포크 형태로 되어 있었다. 그 바람에 젓가락을 쓰지 않고도 쉽게 음식을 찍어 먹을 수 있었다.

식사를 끝낸 정찰조는 뒤처리를 깨끗이 하고는 다시 말에 올랐다.

배호광은 두 명씩 세 조를 풀어 정찰하게 했다. 그러고는 사주를 경계하며 천천히 전진해 들어갔다.

흑룡강을 넘으면서 사방은 원시림 세상이었다. 그러다 관목과 잡풀이 우거진 들판도 간간이 나왔다.

첫째 날과 둘째 날은 아무 일이 없었다.

그러나 사흘째는 달랐다.

휘익!

어디선가 휘파람 소리가 길게 들려왔다. 이어서 그 소리에 호응하는 휘파람 소리가 곳곳에서 들렸다.

배호광은 눈을 빛내며 지시했다.

"모두 전투대형으로 모여라."

지시가 떨어지자 일렬로 행군하던 병력이 급히 모여들었다. 그와 동시에 전방을 정찰하러 나갔던 병력이 말을 달려 돌아왔다.

"중대장님! 전방에 일단의 병력이 집결해 있습니다."

"청나라 병력이야?"

"아닙니다. 대부분 짐승 가죽옷을 입고 머리에는 털모자를 쓰고 있었습니다."

"병력은 얼마나 되지?"

"대충 봐도 백 명은 훌쩍 넘는 것 같습니다."

준무관이 나섰다.

"중대장님, 청나라 병력이 아니라면 카자크가 분명할 겁니다. 어떻게 준비한 백기를 내걸까요?"

잠깐 고심하던 배호광이 결정했다.

"그렇게 해."

준무관이 손짓을 했다. 대기하고 있던 병사가 급히 백기를 만들어 들었다.

배호광이 주의를 주었다.

"절대 경거망동하지 마라. 우리는 전투를 하러 온 게 아니라 협상을 하러 왔음을 잊지 마라. 그러나 만일의 경우가 있으니 전부 실탄을 장전하고 안전장치를 풀어라."

휘하 장병들이 긴장한 채 소총을 조작했다. 배호광도 옆구리에 찬 권총의 안전장치를 풀었다.

철커덕!

권총을 조작한 배호광이 말고삐를 잡았다.

"지금부터 내가 선도하겠다."

준무관도 나섰다.

"제가 보좌하겠습니다."

"아니야. 박 상사는 혹시 일어날지 모르는 불상사에 대비해야 해. 그러니 대열의 후미를 지키도록 해."

준무관이 고개를 저었다.

"지금과 같은 상황은 경험이 많은 제가 있는 선두를 맡는 게 좋습니다. 그러니 대열 후미는 김 소위님이 지키도록 해주십시오."

배호광도 내심 불안했었다.

준무관의 제안을 들은 그가 결정했다.

"좋아! 그러면 김 소위가 후미를 지키고, 박 상사는 나를 따르도록 해."

"감사합니다."

병력 배치를 마친 배호광의 목소리가 전보다 높아졌다. 배호광은 안장에 매달린 총집을 봤다가 다시 부하들을 돌아보며 주의를 주었다.

"절대 경거망동하면 안 된다. 다시 한번 더 강조하지만 우리는 세자 저하의 지시로 저들과 협상을 하러 온 것이다. 그러니 우리가 먼저 총을 빼 들어서는 안 된다."

"예, 알겠습니다."

그가 말머리를 돌리고 손을 들었다.

"완보로 대오를 유지하며 진군하라!"

그렇게 다시 병력이 움직였다.

그러자 다시 휘파람 소리가 곳곳에서 들렸다. 배호광도 그렇지만 장병들은 휘파람 소리를 들으며 긴장하지 않을 수 없었다.

얼마를 전진했을 때였다.

갑자기 시야가 탁 트이더니 관목과 잡풀이 우거진 지역이 나왔다. 그리고 그 앞에는 병사의 보고대로 짐승 가죽옷을 입은 병력이 말을 타고 대기해 있었다.

준무관이 입을 열었다.

"중대장님, 저들의 복장을 보니 정규군은 분명 아닌 것 같습니다."

배호광의 고개가 끄덕여졌다.

준무관의 설명대로 상대 병력은 무질서하게 느껴질 정도로 복장도 제각각이었다. 그러나 말을 타고 있는 위용만큼은 대단했다.

배호광의 손이 올라갔다.

"정지하라!"

정찰조가 말을 세우자 배호광이 손짓을 했다. 그러자 백기를 든 병사와 통역이 다가왔다.

"가자!"

배호광은 박 상사와 두 명의 병사를 대동하고 앞으로 나갔다. 그것을 본 카자크도 백기와 함께 네 사람이 앞으로 나왔다.

양측이 중간에서 만났다.

"나는 조선군 대위 배호광이라고 합니다. 그대들은 카자크가 맞소?"

배호광의 말에 상대의 안색이 일변했다. 이들은 말을 알아듣지는 못했지만, 카자크라는 단어만큼은 분명하게 들었다.

네 사람이 급히 말을 주고받았다. 그러다 한 명이 뒤로 달려갔다 누군가를 데리고 왔다.

그런 그의 입에서 한어가 나왔다.

"우리는 카자크가 맞소. 그런데 그런 사실을 그대들이 어떻게 아는 거요? 그리고 조선은 대체 어디에 있는 나라요?"

역관이 한꺼번에 여러 질문을 했다.

배호광은 그의 질문에 하나하나 조리 있게 답했다.

"조선은 여기서 보름 정도 말을 타고 내려가야 도착하는 나라요. 그리고 그대들이 카자크라는 사실은 이미 오래전부터 알고 있었소이다."

자신들의 존재를 오래전부터 알고 있다는 말에 카자크들이 크게 술렁였다.

그들은 심각한 표정으로 대화를 나눴다. 그러다 막히는 부분이 있으면 다시 질문했다.

설명이 많아지면서 카자크들이 분위기가 서서히 변해 갔다. 그러다 한 명이 격정적으로 말을 하며 사나운 눈빛으로 정찰대를 바라봤다. 그러자 옆에 있는 나이 많은 사람이 그에게 호통을 쳤다.

준무관이 그 모습을 보고 속삭였다.

"중대장님, 아무래도 분위기가 심상치 않게 흘러가는 거 같습니다. 우리도 이런 상황이라면 대비를 해야 하지 않겠습니까?"

배호광도 카자크의 분위기가 심상치 않게 변한다는 것을 모르지 않았다. 그러나 그는 더 가슴을 펴며 대범한 표정을 지었다.

"부화뇌동하지 마. 우리가 흔들리면 상황이 정말 이상하게 흘러갈 수 있어. 이런 때일수록 더 당당한 모습을 보이는 게 좋아."

준무관도 그 말에 자세를 바로 했다.

조선군 정찰대를 흘깃거리며 바라보던 카자크들의 목소리가 더 격해졌다. 한동안 자신들끼리 격론을 벌이던 카자크가 어느 순간 말을 멈췄다.

갑자기 조용해지자 긴장감도 그만큼 더 팽팽해졌다. 그럼에도 배호광은 조금도 표정을 변하지 않고 기다렸다.

카자크 한 명이 앞으로 나섰다.

"나는 우리 부족을 이끄는 아타만 알렉세이 이바노프요."

그의 인사를 받은 배호광은 주저 없이 말에서 내렸다. 이어서 준무관도 말에서 내렸다.

알렉세이 이바노프가 눈을 빛냈다.

기병의 하마는 백기보다 더 확실하게 싸울 의사가 없다는 의사 표시였다. 그도 손을 들어 동료에게 하마를 지시하고는 말에서 내렸다.

개혁군주

배호광은 일행을 대동하고 앞으로 나갔다. 알렉세이 이바노프도 당당하게 다가왔다.

배호광이 먼저 손을 내밀었다. 알렉세이는 흠칫 놀라다 이내 환하게 웃으며 마주 잡았다.

"먼 길을 오느라 고생이 많았습니다."

"예. 솔직히 먼 길이었습니다. 그런데 이렇게 환대를 해주니 참으로 고맙네요."

"하하하! 북방은 사람이 귀한 땅입니다. 그래서 무기만 들지 않으면 누구든 손님이지요."

배호광도 웃으며 동조했다.

"하하하! 다행입니다. 우리가 총을 빼 들고 오지 않은 것을 보고는 적이 아니라는 판단을 했겠군요."

"그렇습니다. 그러나 그대의 설명을 듣다 우리 부족 중 한 사람이 크게 흥분을 했지요."

"그렇지 않아도 궁금했습니다. 대체 무슨 일이 있었던 겁니까?"

"아실지 모르지만, 과거 우리는 아무르 주변에서 청나라와 전투를 벌인 적이 있었습니다. 그때 귀국이 파병했던 조총부대에 우리 부족 수백 명이 전사한 큰 피해를 입었지요. 그렇게 전사한 부족의 후예가 바로 저 친구입니다."

배호광이 바라보니 조금 전 크게 흥분하던 인물이었다. 그런 그는 배호광과 눈이 마주치자 안면을 붉히면서 몸을 떨었다.

배호광은 한숨을 내쉬었다.

"후! 저 사람의 선조가 우리의 참전 때문에 돌아가셨다니 안타깝네요. 그러나 그 당시의 참전은 본국이 자의로 한 게 아니었습니다."

이러면서 당시 사정을 대충 설명해 주었다.

그 설명을 들은 카자크들은 크게 놀랐다. 특히 죽일 듯이 노려보던 카자크의 표정이 심각해졌다.

알렉세이 이바노프가 나섰다.

"그런 일이 있었을 줄 몰랐습니다."

배호광이 한숨을 내쉬었다.

"후! 당시는 나라의 힘이 없어서 생긴 일이었지요. 그런데 전투가 끝나고 나서 더 기가 막힌 일이 발생하지요."

"기가 막힌 일이라니요?"

"당시 전투를 지휘하던 청나라 장수는 포악하고 욕심이 많은 자였습니다. 그래서 우리가 노획한 물건을 단 하나도 남기지 않고 몰수했습니다. 거기다 우리 군을 돌려보내지 않으려고 갖은 수단을 다 부렸고요. 그런 와중에 십여 명의 우리 조상이 전사했습니다."

알렉세이 이바노프가 놀랐다.

"말도 안 되는 일이 일어났군요. 어떻게 자신들을 도와주러 온 외국군을 그렇게 홀대할 수 있다는 말입니까?"

개혁군주

배호광의 안색이 흐려졌다.

"우리 조선은 청국을 상국으로 모시고 있지요. 그러다 보니 청나라 지휘관이 우리 군을 함부로 홀대했던 것입니다."

배호광이 이를 부득 갈았다.

"으득! 그 바람에 우리 원정군은 갖은 고생을 하며 귀환할 수밖에 없었고요."

알렉세이 이바노프가 씁쓸해했다.

"힘이 없으면 누구라도 그렇게 되는 것이지요. 그런데 그대들은 어쩐 일로 여기에 온 겁니까?"

배호광이 사정을 설명했다.

"본국은 청나라가 좋아서 상국으로 모신 게 아닙니다. 청나라를 건국한 만주족은 본래 본국을 모셔 오던 여진 부족이었습니다. 우리 선조들은 그런 그들을 늘 어여삐 여기며 보살펴왔고요. 그러던 그들이 명나라 말기 세력을 키워 우리를 두 차례나 침공하고서 억지로 신속을 강요했던 겁니다."

"은혜를 원수로 갚은 꼴이군요."

배호광이 거듭 이를 갈았다.

"으득! 그렇습니다. 청나라는 반드시 복수해야 할 불구대천의 원수입니다. 그래서 우리는 절치부심하며 꾸준히 병력을 양성해 왔습니다. 그러기 위해 우리 조선은 나라를 전면적으로 개혁해 왔고요."

배호광은 조선의 변화에 대해 설명했다.

알렉세이 이바노프와 카자크들은 설명을 듣고는 한동안 심각하게 의논을 했다.

　　알렉세이가 다시 나섰다.

　　"조선이 그렇게 발전하고 있다니 놀랍군요. 그런데 그런 귀국의 사정이 우리와 무슨 연관이 있단 말이지요?"

　　"우리는 그대들이 우리와 같은 길을 가기를 바랍니다."

　　알렉세이 이바노프가 고개를 저었다.

　　"곤란한 말씀입니다. 우리는 오랫동안 러시아를 위해 일을 해 왔습니다. 그런 우리가 러시아를 버리고 귀국과 손을 잡을 수는 없습니다."

　　배호광의 고개가 갸웃했다.

　　"이상하네요."

　　"무엇이 이상하다는 말입니까?"

　　"이 지역은 청나라 영토입니다. 그런 지역에 카자크가 거주하게 된 까닭이 러시아 때문 아닌가요?"

　　배호광은 러시아가 카자크를 버렸다는 말을 에둘러 표현했다.

　　알렉세이 이바노프는 말의 진의를 알아채고는 얼굴을 붉혔다.

　　"그렇지 않습니다. 여기가 청나라 영역인 것은 맞지만 거의 버려진 땅입니다. 그래서 우리가 들어와 산 지 몇십 년이 되었음에도 문제가 없었고요. 더구나 우리는 계속해서 러시아와 교류하고 있으며 식량도 공급받고 있습니다."

배호광이 핵심을 짚었다.

"중요한 건 여기가 어디냐는 거지요. 러시아가 땅이 좁은 게 아니지 않습니까? 아니, 너무 넓어서 문제가 되고 있지요."

"……."

또다시 핵심을 짚으니 대답을 못했다.

그것을 본 몸집이 작은 사내가 나섰다.

"지금 우리와 러시아를 이간하는 겁니까?"

배호광이 고개를 저었다.

"절대 그렇지 않습니다. 나는 주어진 현실을 정확히 지적하고 있는 겁니다."

"……우리가 러시아에 제대로 대우를 받지 못하고 있는 건 사실입니다. 그렇다고 조선과 같은 길을 갈 수는 없습니다."

배호광의 눈이 빛났다.

그러고는 분명한 어조로 질문했다.

"카자크는 용병 아닌가요? 그것도 러시아와 체결한 계약을 지금까지 철저하게 지켜 온 진정한 용병으로 알고 있는데, 내가 잘못 안 건가요?"

이 지적에 분위기가 후끈 달아올랐다.

키지크원정대

알렉세이 이바노프가 나섰다.

"말이 너무 지나칩니다. 시베리아 개척자인 우리에게 용병이라니요?"

"그대들이 시베리아를 개척하게 된 이유가 러시아와의 계약 때문 아닌가요? 그 계약을 그대들은 무려 백 년을 훌쩍 넘겨 지켜 온 것이고요."

"……그렇기는 합니다."

"그러면 맞잖습니까? 계약을 맺고 일을 해 주는 게 용병이 아니고 무엇입니까?"

몸집 작은 사내의 얼굴이 붉어졌다.

"……처음에는 용병이 맞았습니다. 그러나 몇 대를 내려

오면서 계약은 형식적인 것이 되었으며 우리는 러시아 사람이 되었습니다."

배호광의 고개가 저어졌다.

"그건 카자크의 일방적인 생각일 뿐이지요. 만일 러시아가 그대들을 자국민으로 생각했다면 지금처럼 놔두지는 않았을 겁니다."

제대로 핵심을 짚은 탓에 반박을 못 했다.

"……."

알렉세이 이바노프가 나섰다.

"그대가 우리를 용병이라고 정의하시는데, 좋습니다. 용병에게 같은 길을 함께 가자고 제안하는 의미를 모르지는 않겠지요?"

"물론입니다."

"우리 카자크의 용사들은 수천 명이나 됩니다. 이런 우리를 고용하려면 그만한 대가를 지급해야 할 터인데, 그런 준비는 되어 있나요?"

배호광의 대답이 주저 없었다.

"물론입니다. 그럴 준비도 없이 이 먼 곳까지 올 이유가 없지요. 우리는 그대들이 가장 원하는 대가를 지급할 준비가 되어 있습니다."

의외의 대답이었는지 카자크들이 술렁였다. 그들은 아타만을 중심으로 다시 토론을 시작했다.

개혁군주

배호광은 내심 놀랐다.

'놀라운 일이네. 아타만이라는 지도자가 있음에도 사사건 건 토의를 하고 있어.'

토의는 격렬하게 진행되었다.

모두가 토의에 참여했으며, 마치 싸울 것처럼 목소리가 커졌다. 그렇게 얼마의 시간이 지나고 토의가 끝났다.

몸집 작은 사내가 나섰다.

배호광이 그에게 질문했다.

"토의가 격렬하던데, 항상 이런 식으로 일을 진행합니까?"

"그렇습니다. 우리는 모든 일을 토론해서 결정합니다. 지도자인 아타만을 선출할 때는 여인들까지 전부 투표에 참여하지요."

배호광의 눈이 커졌다.

"여자들까지 참여한다고요?"

"그렇습니다. 그렇게 모두가 참여해 합의된 결정은 누구도 번복할 수 없고요."

"놀라운 제도네요."

이번에는 사내가 질문했다.

"방금 우리가 가장 원하는 바를 대가로 준다고 했는데, 맞습니까?"

"그렇습니다."

"그게 무엇인지 말씀해 보시지요."

배호광이 고개를 저었다.

"그 대가는 제가 말씀드릴 수 없습니다."

사내가 불쾌한 표정을 지었다.

"지금 우리를 놀리는 겁니까?"

"별말씀을 다 합니다. 제가 여기까지 온 이유가 있는데 그럴 까닭이 없지요."

"그런데 왜 말을 못 해 준다는 거지요?"

"여러분의 고용의 대가를 제시해 줄 분은 따로 있습니다. 저는 정찰조를 지휘하는 지휘관에 불과합니다."

"그래요?"

"우리 본대가 흑룡강변에 머무르고 있습니다. 그대들이 만일 제안을 받아들일 용의가 있다면 우리 여단장님을 만나 보시지요."

"잠시 기다려 보세요."

사내는 자신들의 일행에게 사정을 설명했다. 한 번 더 토의가 진행되었고, 이번에는 알렉세이 이바노프가 나섰다.

"당신의 제안을 받아들이겠습니다."

"현명한 결정을 환영합니다."

"그런데 우리가 보유한 식량이 얼마 없는데, 식량을 지원해 줄 수 있겠습니까?"

"병력을 전부 대동하실 겁니까?"

"물론이오."

"동행한 병력이 전부 얼마지요?"

"백 명이 조금 넘습니다."

"좋습니다. 우리가 식량을 부담하지요."

"고맙습니다. 그러면 말을 타고 잠시 기다리세요. 내가 가서 병사들을 이끌고 오겠습니다."

알렉세이 이바노프가 말을 몰아 자신들의 본진으로 돌아갔다. 잠시 후 백여 명의 카자크들이 천천히 말을 몰고 다가왔다.

그렇게 귀환이 시작되었다.

배호광은 전령을 먼저 보내 상황을 보고하게 했다. 그러고는 카자크와 자신의 병력과 함께 이틀을 이동해 흑룡강에 도착했다.

전령의 보고를 받은 유병호가 병력을 이끌고 강을 건너와 있었다. 배호광은 유병호가 보이자 먼저 달려와 인사를 했다.

"충! 임무를 마치고 돌아왔습니다."

"배 대위, 수고가 많았다."

"아닙니다. 저의 제안을 카자크들이 쉽게 받아들였습니다."

배호광이 간략하게 상황을 보고했다.

"단번에 승낙했다는 건 의외구나."

"오면서 많은 대화를 했는데, 의외로 지금의 상황에 대한 불만이 많았습니다. 젊은 세대들은 더 그러하고요."

"어디든 젊은이들은 새로운 걸 바라는 경향이 많지."

"그렇습니다. 그리고 우리 조선에 대해서도 잘 알고 있었습니다."

"그래?"

"예. 처음에는 나라 이름은 몰랐지만 제가 그때의 일을 설명하니 바로 알아봤습니다. 그로 인해 불편한 상황도 겪어야 했고요."

"문제가 생겼다는 거야?"

"카자크 지휘부 중에 당시 전투에서 전사한 자의 후손이 있었습니다. 그 바람에 분위기가 잠깐 험악해졌고요. 다행히 우리의 참전이 어쩔 수 없이 이뤄졌다는 설명을 이해해 주면서 불상사는 일어나지 않았습니다."

"그런데 오래전의 전투를 의외로 잘 기억하다니 놀랍네."

"저도 그래서 100년이 훌쩍 넘은 일인데 어떻게 잘 아느냐고 질문했습니다. 그랬더니 카자크들이 그 전투가 최초의 패배였다고 하더군요."

유병호의 눈이 커졌다.

"아니, 그러면 그전까지 단 한 번의 패전도 없었다는 거야?"

"소소하게 피해를 본 적은 많았다고 합니다. 하지만 대규모 병력을 동원해 치른 전투에서는 유일한 패배였다고 합니다. 당시 전투에서 카자크 수백 명이 전사했다고 합니다. 만여 장의 귀한 모피와 수많은 군수물자도 손실을 봤고요."

"그렇구나."

이러는 동안 카자크들이 가까이 왔다.

배호광은 보고를 마치고 그들에게 다가갔다.

"저분이 우리 지휘관이십니다."

알렉세이 이바노프가 소리쳤다.

"모두 말에서 내리도록 하라!"

그의 지시에 카자크들이 일제히 하마했다.

알렉세이 이바노프가 몇 명을 대동하고 다가왔다.

"처음 뵙겠습니다. 카자크의 아타만 알렉세이 이바노프라고 합니다."

"반갑습니다. 나는 조선의 북방기병여단장인 유병호 대령이라고 합니다."

유병호가 손을 내밀었다. 알렉세이 이바노프가 두말하지 않고 그 손을 마주 잡았다.

악수를 마친 그가 일행을 소개했다. 유병호도 동행한 참모와 무관들을 소개했다.

인사를 마친 유병호가 권했다.

"이리 앉으시지요."

"고맙습니다."

조선군은 카자크를 위해 통나무를 쪼개 탁자와 의자를 만들어 두었다. 양측이 그렇게 만든 탁자와 의자에 둘러앉았다.

유병호가 먼저 입을 열었다.

"우리의 제안을 받아 주어서 고맙습니다."

알렉세이 이바노프가 고개를 저었다.

"인사를 받기는 이릅니다. 우리는 아직 아무것도 결정하지 않았습니다."

유병호가 노련하게 받아쳤다.

"이렇게 오신 것만 해도 마음을 많이 연 것 아니겠습니까?"

"그렇기는 합니다만, 너무 앞서가지 않았으면 좋겠습니다."

"하하하! 알겠습니다."

대화하는 동안 부관이 차를 내왔다.

"드시지요. 청국 강남에서 생산되는 녹차를 발효시켜 만든 홍차입니다. 각설탕을 넣어서 마시면 몸도 데워지고 좋습니다."

유병호가 먼저 각설탕을 집어서 홍차에 넣고 저었다.

카자크들은 모든 생필품이 귀했다. 그런 그들에게 각설탕은 희귀한 물건이었다.

카자크들이 각설탕을 보고 침을 삼키자 유병호가 고개를 끄덕였다.

개혁군주

"각설탕이 북방에서는 귀한 물건이지요?"

알렉세이 이바노프가 인정했다.

"예. 우리에게는 더없이 귀한 물건입니다. 지난 10여 년 동안 러시아로부터 설탕을 공급받지 못하고 있습니다."

"그러시군요. 우리에게도 설탕은 10여 년 전만 해도 귀한 물건이었습니다. 왕실에서도 거의 사용을 못 할 정도로요. 그러나 이제는 가격이 조금 비싸지만 누구나 돈을 주면 구할 수 있는 흔한 물건이 되었답니다."

"그렇군요."

"돌아가실 때 우리가 갖고 있는 각설탕을 나눠 드리겠습니다. 그러니 지금은 편안하게 차에 넣어 드셔 보세요."

"감사합니다."

알렉세이 이바노프는 몇 번이고 고마움을 표시했다. 그러고는 홍차에 각설탕을 몇 개 넣어 젓고는 맛을 보고 감탄했다.

"아! 향도 좋고 맛도 그만이군요."

다른 카자크들도 반응이 격했다. 이런 카자크들 때문에 녹차를 몇 번이고 다시 우려야 했다.

차를 마시며 잠시 시간이 지났다. 알렉세이 이바노프가 한결 편해진 표정으로 질문했다.

"좋은 대접을 받아서 고맙습니다. 이제부터 우리가 온 목적을 논의해도 되겠습니까?"

"그렇게 하십시오."

"우리는 배 대위로부터 제안을 받았습니다. 조선과 같은 길을 가게 되면 우리가 가장 원하는 바를 들어준다고요. 이 제안이 사실입니까?"

"그렇습니다. 본국은 카자크 부족을 정식으로 고용하고 싶습니다. 그 대신 그대들이 가장 원하는 바를 들어드리려고 합니다."

알렉세이 이바노프가 흔쾌히 대답했다.

"그렇게 해 주겠다는 말은 이미 들었습니다. 만일 우리가 조선에 고용되면 무슨 일을 얼마나 해야 합니까? 그리고 그 대가로 주겠다는 게 무엇인지 말씀해 주시겠습니까?"

유병호가 다짐부터 받았다.

"지금부터의 대화는 반드시 비밀을 지켜 주어야 합니다. 이 약속을 지켜 줄 수 있겠습니까?"

알렉세이 이바노프가 맹세했다.

"우리는 가족을 가장 중요하게 생각합니다. 그런 우리 부족의 명예를 걸겠습니다."

이어서 다른 카자크들도 동참했다.

유병호가 그들에게 감사의 인사를 전했다.

"부족 전체의 명예를 걸 줄은 몰랐습니다. 어려운 부탁을 들어주어서 고맙습니다."

"아닙니다. 비밀을 엄수해야 할 만큼 중요한 말씀을 해 주시는 게 오히려 고마울 따름입니다."

유병호가 분명하게 밝혔다.

"우리는 몇 년 내로 과거 청나라에 당했던 치욕을 씻기 위한 대업을 시작할 겁니다. 그 대업에 카자크들도 동참해 주기를 바랍니다."

"대업이라면 무엇을 의미하지요?"

"청나라를 상대로 한 북벌입니다."

알렉세이 이바노프가 깜짝 놀랐다.

"청나라는 대국입니다. 러시아도 감히 상대를 못 해 굴욕적인 국경 조약을 체결해야만 했고요. 그런 청나라를 상대로 북벌을 감행한다고요?"

"그렇습니다."

알렉세이 이바노프가 고개를 저었다.

"불가능한 일입니다. 러시아도 무릎을 꿇린 청국입니다. 귀국이 아무리 준비를 많이 했다고 해도 청나라를 이길 수는 없습니다."

유병호가 싱긋이 웃었다.

"그렇게 부정적으로 생각하지 않아도 됩니다. 그때의 청국과 지금의 청국은 완전히 달라졌습니다. 아니, 전혀 다른 나라라고 해도 과언이 아닙니다. 그런데 아타만께서는 지금의 청나라 정세에 대해 잘 모르는 거 같습니다. 그렇지 않나요?"

알렉세이 이바노프가 흠칫했다. 잠시 머뭇거리던 그는 순순히 자신들의 처지를 설명했다.

"솔직히 그렇습니다. 우리는 어쩔 수 없이 청국 영토를 강점하고 있는 상황입니다. 그래서 청국과는 철저하게 거리를 두고 있는 상황이고요."

"역시 그렇군요. 그렇게 단절하고 있어서 아직도 청나라를 높게 평가하는군요."

"청나라가 그렇게 많이 달라졌습니까?"

"달라진 정도가 아닙니다. 아타만은 청나라에 내전이 벌어진 사실은 아십니까?"

알렉세이 이바노프가 고개를 저었다.

"모릅니다."

"청나라 남부에서는 몇 년 전 백련교의 반란이 일어났습니다. 그 반란을 청나라 정규군이 진압에 실패했습니다. 그것도 몇 번에 걸쳐 대규모 병력을 보냈음에도 말이지요. 그로인해 청나라 정규군이 완전히 와해되었습니다."

알렉세이 이바노프가 놀랐다.

"정규군이 완전히 와해되다니요. 그렇게 되면 나라가 흔들리는 거 아닙니까?"

유병호가 고개를 저었다.

"아쉽지만 아직은 아닙니다."

유병호가 청국 내전에 대해 설명했다. 알렉세이 이바노프가 심각한 표정으로 경청했다.

"의용군이 반군을 상대할 지경이라면 청국이 아주 혼란스럽겠네요. 그런 틈을 이용해 귀국이 북벌을 감행하려는 것이군요."

"그렇습니다. 청국은 쉽게 백련교의 거병을 막아 내지 못할 겁니다. 막아 낸다고 해도 완전히 국력이 쇠잔해질 것이고요."

"청국이 무너질 수도 있다는 말씀입니까?"

유병호가 고개를 저었다.

"아닙니다. 백련교가 그렇게까지 강성하지는 못합니다. 우리는 장강 이남에 새로운 나라를 건국할 거라고 예상하고 있습니다."

알렉세이 이바노프가 고개를 끄덕였다.

"나라가 쪼개지기만 해도 청국은 결정적으로 국력이 약해지겠네요."

"당연히 그렇게 되겠지요."

유병호가 조선에 대해 설명했다.

"……우리 조선은 전면적으로 군제를 개편했습니다. 그렇게 개편된 군제를 바탕으로 우리는 정규군 50만과 100만 예비군을 양성할 겁니다."

카자크들이 크게 놀랐다.

"정규군 50만에 예비군 100만이라고요?"

"그렇습니다. 그 숫자도 최대한 정병만을 추린 숫자이지요."

"놀라운 일이군요. 아무리 모든 국민을 상대로 징병을 한다지만 어떻게 단시일에 그렇게 많은 병력을 양성할 수 있단 말입니까?"

"본국의 주력은 보병입니다. 그런 보병의 주력 무기는 소총이고요. 그래서 단시간에 대규모 병력을 양성할 수 있지요."

"아! 소총을 사용하는 보병이라면 이야기가 다르기는 하지요. 그런데 그대들은 기병이지 않습니까?"

"기병도 당연히 양성하고 있지요. 본국은 기병사령부 밑에 3개 군단이 편제되어 있답니다."

"군단이라면 어느 정도 병력입니까?"

유병호가 침음했다.

"으음! 병력 편제는 군사기밀이어서 말씀드리기가 그런데……."

잠깐 갈등하던 유병호가 결정했다.

"좋습니다. 앞으로 우리와 함께 할 카자크이니 편제 정도는 알려 드리지요. 본국의 기병은 기병사령부가 관장합니다. 그 밑에 세 개의 군단이 있고, 군단 휘하에는 다섯 개 여단이 편제되어 있습니다. 여단은 다시 네 개의 독립대대와 본부대대로 구성되어 있고요. 기병대대는 대략 사백여 명으로 편제

되어 있어서 여단 규모가 2천여 명 정도입니다."

"기병이 3만여 명이라는 말씀이군요."

"그렇습니다."

알렉세이 이바노프가 인사했다.

"우리를 믿고 기밀을 말씀해 주어서 감사합니다."

"아닙니다. 더한 기밀도 말씀을 드렸는데 잠시 주저했던 내가 오히려 미안하지요."

"그러면 우리가 무엇을 해야 합니까?"

유병호가 정색을 했다.

"우리가 카자크에게 바라는 건 교란작전과 참전입니다."

"참전은 알겠는데 교란작전은 무엇을 해야 한다는 말씀입니까?"

"청국은 내전 진압을 위해 만주와 몽골의 팔기 병력을 전부 남하시켰습니다. 그런 팔기가 내전에 완전히 녹아 버렸고요. 그 바람에 두 지역은 거의 비워진 상태입니다. 물론 병력이 아예 없는 것은 아니지만 전체를 감당하기는 역부족인 상황입니다."

알렉세이 이바노프가 알아들었다.

"우리 병력으로 그런 만주와 몽골을 뒤흔들어 놓으라는 말씀입니까?"

유병호가 고개를 끄덕였다.

"그렇습니다. 약탈을 하거나 방화를 해도 됩니다. 최대한 북방을 어지럽게 만드세요. 그러나 저들과의 교전만큼은 삼가해야 합니다."

"참전을 대비해 병력을 보존하라는 말씀이군요."

"그렇습니다. 여러분은 중요한 전력입니다. 오랫동안 북방을 개척하면서 수많은 전투를 치러 온 최정예 병력입니다. 우리는 그런 카자크가 교란작전보다 더 중요한 임무를 맡아 주기를 바라고 있습니다."

자신들을 인정해 주는 말에 카자크들의 표정이 환해졌다.

그들은 자기들끼리 연신 대화를 나누면서 의견을 모았다.

"좋습니다. 그건 그렇고요. 참전을 하게 되면 우리가 선봉에 서야 합니까?"

유병호가 고개를 저었다.

"아닙니다. 대업이 시작되면 여러분들은 정찰 임무를 주로 맡게 될 겁니다. 아울러 전투가 벌어지면 후방에서 도주하는 청군을 소탕하는 임무가 주어지게 될 것이고요."

알렉세이 이바노프가 확인했다.

"정녕 그 정도의 임무만 하면 됩니까?"

"물론입니다. 그리고 대업에 끝나면 그때부터 진정한 업무가 주어지게 될 것입니다."

"진정한 업무라니요?"

유병호가 카자크들을 둘러봤다. 카자크들은 그런 유병호의 눈빛에 순간적으로 움찔했다.

"대업이 완수되면 우리는 러시아와 국경을 마주하게 됩니다. 그런데 그렇게 마주하는 북방이 실제는 러시아 영토가 아니라는 사실을 여러분들은 잘 아실 겁니다."

알렉세이 이바노프의 눈이 커졌다.

"지금 시베리아를 도모하겠다는 말을 하는 겁니까?"

유병호가 고개를 저었다.

"모든 지역을 도모하지는 않을 겁니다. 하지만 몽골 초원과 마주하는 북방은 되찾아야 한다고 생각합니다."

카자크들이 크게 술렁였다. 그들 중 한 사내가 벌떡 일어나며 반발했다.

"그럴 수는 없습니다. 러시아와 우리 카자크 부족은 200여 년 동안 각별한 관계를 유지해 왔습니다. 그런 러시아와 우리 카자크가 어떻게 싸우라는 말을 하는 겁니까?"

유병호가 분명하게 밝혔다.

"분명한 명분이 있기에 싸우라는 겁니다. 몽골 초원 북방은 본래 몽골의 영역이었습니다. 그런 땅을 무단으로 진출한 것이 러시아고요. 아! 실제로는 그대들 카자크들이었지요. 북방을 평정하면 우리 군주께서는 몽골 초원의 주인이 되십니다. 그렇게 되면 과거의 영토를 되찾아야 하는 건 당연한 일이 아닌가요?"

몸집이 작은 사내가 나섰다.

"과거 청국은 러시아와 영토 협정을 맺을 때 그런 주장을 전혀 하지 않았습니다. 그래서 지금과 같은 국경선이 획정된 것이고요. 그렇게 된 지 이미 오래인데, 조선이 나서서 그런 주장을 하게 되면 공연히 문제만 야기될 뿐입니다."

"그 당시 청국은 몽골 초원의 주인이 된 지 얼마 안 되었을 시기입니다. 그래서 북방의 사정을 잘 몰라 국경 조약을 그렇게 체결했던 것이고요."

"그래도 쉽지 않은 일입니다."

유병호가 의외의 발언을 했다.

"그런 걱정은 하지 않아도 됩니다. 우리는 가능하면 러시아와 전쟁을 하고 싶지 않습니다."

알렉세이 이바노프가 고개를 갸웃했다.

"전쟁을 하지 않겠다니요. 어떻게 전쟁을 하지 않고 시베리아를 얻을 수 있단 말입니까?"

유병호가 웃으며 카자크들을 바라봤다.

그 웃음을 보며 어리둥절한 표정을 짓던 알렉세이 이바노프가 손가락으로 자신을 가리켰다.

"우리보고 전쟁을 대신 치르라는 겁니까?"

"하하하! 그렇게까지 요구할 수는 없지요. 아무리 카자크가 용맹하다고 해도 러시아를 상대로 싸울 수는 없지 않겠습니까?"

"그런데 왜 우리를 지목하신 거지요?"

유병호가 정색을 했다.

"러시아가 시베리아로 영토를 확장하게 된 까닭을 잘 아시지요?"

"물론입니다. 러시아는 최고급 모피인 담비를 얻기 위해 우리를 고용했습니다. 물론 다른 가죽도 그들에게는 주요 수입원이고요."

"만일 모피를 지속적으로 얻지 못하게 되면 어떻게 될까요? 그것도 천재지변이 아닌 약탈과 같은 인재(人災)가 지속적으로 발생하게 되면요."

알렉세이 이바노프가 바로 대답했다.

"러시아로서는 당연히 대규모 병력을 파견할 겁니다. 그래서 문제의 원인을 파악해서 발본색원하려 할 것입니다."

유병호가 고개를 저었다.

"아니오. 러시아는 쉽게 병력을 보내지 못합니다. 아니, 보낼 수 없다고 해야 맞겠지요. 그리고 설령 대규모 병력을 보낸다고 해도 보급이 어려워 제힘을 발휘하지 못합니다."

"어떻게 그렇게 단언하십니까?"

"그대들은 유럽에서 벌어지고 있는 전쟁에 대해 아시나요?"

알렉세이 이바노프가 고개를 저었다.

"자세히는 잘 모릅니다."

유병호가 유럽의 상황을 한동안 설명했다. 그러다 통조림을 들어 보이며 말을 맺었다.

"……그래서 러시아는 모든 국력을 유럽에 집중할 수밖에 없습니다. 그리고 프랑스는 이 통조림으로 인해 본래도 강했던 전투력이 배가되면서 전황도 크게 유리해지게 될 겁니다."

알렉세이가 믿으려 하지 않았다.

"말도 안 됩니다. 어떻게 그 작은 물건으로 전황을 바꿀 수 있다는 겁니까?"

"전쟁에서 가장 중요한 게 보급이란 사실을 잘 아실 겁니다. 보급이 얼마나 원활하냐에 따라 사기가 결정적 영향을 받습니다. 사기는 전쟁의 승패를 좌우할 정도로 중요하고요."

이어서 통조림의 활용도에 대해 설명했다.

설명을 듣던 알렉세이 이바노프가 이의를 제기했다.

"보급이 중요하다는 건 인정합니다. 그런데 그렇게 활용도가 많은 통조림이라면 러시아나 영국도 만들면 되지 않겠습니까?"

유병호가 고개를 저었다.

"특허 때문에 곤란합니다. 통조림 공장은 프랑스에만 있어서 프랑스군의 보급에 결정적 도움을 주고 있지요. 그리고 이 통조림은 겉으로 보기는 간단해도 기술력이 없으면 만들기가 쉽지 않습니다. 만일 특허나 기술력을 무시하고 잘못 만들었다가는 내용물이 부패해서 치명적인 독소로 큰 불상사가 초래됩니다."

"그런 물건을 동양 국가인 조선이 만들어 냈다는 사실이 놀랍네요."

"그만큼 우리 조선의 기술력이 뛰어납니다. 그리고 우리는 영국에게 먼저 통조림 공장을 설립하자는 제안을 했었지요. 그러나 우리의 제안을 영국은 자존심 때문에 불허했고요. 그래서 무작정 만드는 일도 쉽지가 않습니다."

"그런 사정이 있었군요."

"어쨌든 그와 같은 여러 상황이 맞물려 있는 게 현실입니다. 그래서 러시아는 시베리아에 대해 신경을 거의 쓰지 못하게 될 겁니다."

알렉세이 이바노프의 표정이 심각해졌다. 그의 옆에 있는 카자크들도 각자의 생각에 빠져들었다.

그러다 몸집 작은 사내가 나섰다.

"귀국은 철저하게 타국의 빈틈을 이용하는군요."

"물론입니다. 동양의 병법에서는 싸우지 않고 이기는 게 최선이라고 했습니다. 그런데 지금 시기가 너무도 절묘합니다. 청나라도 그렇지만 러시아도 제대로 힘을 쓰지 못하게 되어 있습니다. 그런 빈틈을 와신상담해 오던 본국이 적극 활용하려는 것은 너무도 당연하고요."

몸집 작은 사내가 동조했다.

"좋은 판단입니다. 상대의 빈틈을 노리는 건 전쟁의 기본

중의 기본이지요."

"예. 그래서 우리는 카자크들이 북방을 책임지고 분탕질쳐 주기를 바랍니다."

"그 정도는 충분히 할 수 있습니다. 그런데 러시아가 유럽의 어려움을 각오하고 대규모 병력을 동원하면 어떻게 됩니까?"

"걱정 마세요. 그런 일이 발생한다면 우리가 전면전을 치를 겁니다. 그러나 그런 일이 벌어지기 전에 러시아가 현명한 결단을 내릴 수 있도록 특사부터 파견할 것이고요."

"특사를 파견해요?"

"그렇습니다. 우리는 이미 프랑스, 스페인과 영토에 관해 협상한 경력이 있습니다. 중요한 건 비밀 유지입니다. 카자크가 우리와 손을 잡았다는 사실을 러시아가 절대 몰라야 합니다. 그래야 협상을 유리하게 이끌 수 있으니까요."

사내가 대번에 알아들었다.

"우리가 자발적으로 반란을 일으킨 것으로 하려는 거로군요."

"그렇습니다. 그대들이 북방에서 활동을 시작하면 우리도 가만있지 않을 겁니다. 활동에 필요한 각종 군수물자를 보급해 줄 겁니다. 당연히 우리 기병여단도 적극 협조할 것이고요. 우리 기병여단과 카자크가 합작한다면 러시아가 시베리아 동부에 손을 쓰기는 훨씬 더 어려워집니다."

개혁군주

알렉세이 이바노프가 나섰다.

"좋은 말씀 잘 들었습니다. 만일 우리가 조선의 제안을 받아들인다면 우리가 가장 필요한 무엇을 주시겠습니까?"

알렉세이 이바노프는 분명히 질문했다. 그런데 유병호의 귀에는 그의 질문이 승낙으로 들렸다.

그래서 목소리가 높아졌다.

"우리는 카자크들이 마음 놓고 살아갈 수 있는 일정한 영역을 획정해 줄 것입니다. 그 영역에서는 카자크들의 자치권도 완전히 보장해 줄 것입니다. 아울러 나라에서 지정한 일을 성실히 수행하면 세금도 완전히 면제해 줄 것입니다. 그렇게 되면 지금과는 상상할 수 없을 정도의 자유를 누릴 수 있을 겁니다."

카자크들의 눈이 더없이 커졌다.

믿고 맡기다

유병호가 제시한 대가가 상상 이상이었다.

알렉세이 이바노프의 목소리가 처음으로 떨렸다.

"정녕 우리에게 완전한 자치권을 주실 수 있단 말입니까?"

"그렇습니다. 국방과 외교를 제외한 모든 자치권을 부여해 줄 겁니다."

"아!"

카자크들은 어느 정도의 자유를 생각했다. 그런데 유병호의 제안은 그와는 비교할 수 없었다.

몸집 작은 사내가 급히 나섰다.

"고마운 제안이십니다. 그러면 지역은 얼마나 설정해 주실 겁니까?"

"부족민이 1만 명 정도 된다고 했지요?"

"그렇습니다."

"농사와 목축을 겸하겠고요?"

"그렇습니다."

"그러면 그대들이 필요한 면적을 먼저 말하는 게 좋겠네요."

사내가 눈을 빛냈다.

"넓은 지역을 요구해도 됩니까?"

"감당하기 어려울 정도면 곤란하겠지요. 그러나 조금 넓어도 합당하다면 들어줄 생각입니다. 자치 지역이지만 어차피 우리 강역이니까요."

"좋습니다. 잠시 시간을 주십시오. 우리끼리 먼저 논의를 해 보겠습니다."

"그러시지요."

카자크들이 모여 토론을 시작했다.

이 토론에는 백여 명의 카자크들이 모두 참여했다. 토론은 시작부터 열기를 뿜었으며 그들을 보며 배호광이 설명했다.

"카자크들은 하나의 부족이 아니랍니다."

"그래?"

"예. 여러 부족이 같은 이상을 갖고 모여 카자크가 되었답니다. 그래서 문제가 생기면 토론을 통해 이견을 줄이고, 그래도 결론이 나지 않으면 투표로 결정을 한다고 합니다."

개혁군주

유병호가 놀랐다.

"놀라운 방식이구나. 군주도 없이 합의체로 부족을 이끌어 나가다니 말이야. 그런 일이 가능할 수 있다니 놀라워."

"저도 처음 듣고 많이 놀랐습니다. 그런데도 지금까지 문제가 된 적이 없다고 합니다."

"허허! 그거참."

카자크들의 토론은 시간이 지날수록 점점 더 격해졌다. 누구도 토론에 빠지지 않았으며, 토론 도중 상대의 멱살을 잡는 경우도 생겼다.

그러나 최악까지는 결코 가지 않았다. 카자크들은 토론을 하다 감정이 격해 손이 올라갔다가도 옆에서 제재하면 바로 수긍했다.

격론을 벌였으나 결론이 나지 않았다. 아니, 결론이 나서 알렉세이 이바노프가 양해를 구했다.

"논의 결과 부족 전체 회의에 부쳐야 한다는 결론을 내렸습니다. 그래서 마을로 돌아가 부족 전체의 의견을 들어야 할 거 같습니다."

유병호도 흔쾌히 동의했다.

"그렇게 하십시오. 그런데 우리도 귀측의 사정을 알고 싶은데, 동행해도 되겠습니까?"

알렉세이 이바노프가 반색했다.

"그렇게 하십시오. 조선군이 함께 간다면 결론을 내리기 더 쉬워집니다.”

유병호가 슬쩍 떠봤다.

“아타만께서는 우리 제안에 찬성인가 봅니다.”

“예, 그렇습니다. 여기 있는 모두 저와 생각은 다르지 않습니다. 그러나 부족의 미래가 걸린 일입니다. 그런 문제는 전체 의견을 물어야 한다는 주장이 많아 거기에 따르기로 했습니다.”

“알겠습니다. 우리도 준비하겠습니다.”

알렉세이 이바노프가 조심스럽게 부탁했다.

“혹시 통조림의 여유분이 있습니까? 사냥을 하지 못해 우리가 준비해 온 식량이 많이 부족한 상황입니다.”

“하하하! 그 점은 염려 마십시오. 다행히 비상식량을 넉넉히 준비해서 같이 나눠 먹어도 부족하지 않을 겁니다.”

알렉세이 이바노프가 반색했다.

“고맙습니다. 오면서 경험했지만, 통조림이 야전에서 아주 유용하게 쓰이더군요.”

“하하하! 맞습니다.”

다시 동행이 시작되었다.

두 번째 동행은 처음보다 훨씬 화기애애했다. 카자크들은 놀랍게도 흥이 많은 부족이었다.

그래서 휴식을 취할 때마다 누군가 악기를 켜며 흥을 돋웠다. 그러면 반드시 누군가 나와 춤을 시작했고, 이내 합창으로 바뀌었다.

유병호가 카자크의 풍습에 큰 관심을 보였다. 그 모습을 본 알렉세이 이바노프가 사정을 설명했다.

"우리 카자크의 삶은 고단하고 힘듭니다. 정착하더라도 유목을 병행해 주기적으로 이동해야 하지요. 그러다 참전이라도 하게 되면 몇 년이고 야전 생활을 해야 하고요. 그런 우리에게 잠깐의 휴식은 삶의 활력소라고 할 수 있지요. 그래서 틈만 나면 저렇게 노래를 부르고 춤을 추며 고단함을 푸는 게 습관처럼 되었답니다."

"술은 마시지 않네요?"

"야전에서는 절대 금주합니다. 그 대신 마을로 돌아갔을 때는 해제가 되고요."

"그런 부분은 철저하군요."

알렉세이 이바노프가 씁쓸한 표정을 지었다.

"그래야 했으니까요. 그러지 않으면 언제 목숨을 잃을지 모르니까요."

"카자크는 원주민들과의 사이는 괜찮습니까?"

"우리는 문제가 없습니다. 그러나 러시아는 혹독한 세금을 징수해 원성을 많이 받고 있지요. 때로는 원주민을 노예처럼 부리기도 해서 문제가 꽤 많습니다."

"그러면 원주민들이 러시아에 협조하지 않으면 되지 않습니까?"

알렉세이 이바노프가 고개를 저었다.

"어렵습니다. 과거였다면 그들끼리 어떻게든 살아갔겠지요. 그러나 러시아를 통해 문명을 접한 지금은 그렇게 하지 못합니다."

"생필품과 양곡을 러시아 이외에는 구입할 방법이 없다는 말이군요."

"그렇습니다. 러시아는 원주민과 물물교환을 합니다. 그런 물물교환으로 막대한 수익을 거두고요."

"아! 무슨 말인지 알겠습니다. 원주민들이 가죽이나 모피의 가치를 잘 모르는 것을 이용해 폭리를 취한다는 말이군요."

"그렇습니다. 과거에는 몽골 상인과 거래를 주로 했습니다. 지금도 몽골 초원 북부는 그런다고 합니다만, 그 이외의 지역은 러시아 상인과 거래할 수밖에 없습니다. 그런 거래에는 항상 세금징수원이 동행해 현물로 모피와 가죽 등을 징수해 원주민들의 등골을 빼먹고 있지요."

"불만이 많겠군요."

"예, 많지요. 그러나 처음을 제외하면 집단 반발을 일으킨 적이 별로 없습니다."

"그렇게 된 이유가 있을까요?"

"러시아는 인종차별을 하지 않습니다. 그리고 원주민들에게 거두는 세금은 본토 주민에게도 똑같이 적용한답니다."

개혁군주

"아! 맞습니다. 러시아가 혹독한 세금을 징수한다는 말을 들었습니다."

"예. 그래서 세금을 면제받은 우리는 큰 혜택을 입고 있는 것으로 착각해 왔지요. 만일 그대들을 만나지 못했다면 그런 착각을 하며 계속 살았을 것이고요."

유병호가 동조했다.

"그랬겠지요. 우리 조선도 불과 10여 년 전만 해도 그대들과 비슷한 생각을 하고 살았었지요."

이러면서 조선의 개혁 과정을 설명했다.

알렉세이 이바노프는 배호광을 통해 대강의 사정은 들었다. 그럼에도 설명을 듣는 그의 눈빛은 더없이 빛났다. 그만큼 유병호의 설명은 흥미진진했으며 사실적이었다.

"조선은 대단한 나라군요. 불과 10여 년 만에 그런 개혁을 이뤄 낼 수 있다니요."

"하하! 그래서 우리 백성의 자부심이 대단하지요. 아울러 그런 개혁에 성공하도록 이끌어 주신 세자 저하에 대한 존경심은 하늘을 찌르고요."

"귀국의 세자님을 만나 뵙고 싶네요. 그래서 우리 부족의 미래에 대한 조언을 꼭 듣고 싶군요."

"그렇게 하세요. 이번 일이 성사되면 아타만과 부족 대표들이 우리 저하를 뵈러 가야 하지 않겠습니까? 그때 직접 뵙고 조언을 구하세요."

"그렇게 되도록 노력해 보겠습니다."

알렉세이 이바노프가 결의를 다졌다. 유병호는 그런 그를 바라보며 이번 일이 잘될 거 같다는 예감을 했다.

유병호의 예감은 적중했다.

카자크들은 흩어져 살고 있었다. 그런 부족을 알렉세이가 아타만의 권한으로 모두 불러들였다. 덕분에 유병호가 카자크 마을에 도착했을 때는 모든 카자크가 도착해 있었다.

알렉세이 이바노프가 도착하자 이들은 전체 회의를 개최했다.

격렬한 토론이 진행되었다.

유병호도 지도자들이 모인 토론에 몇 번이나 참석했다. 그리고 조선의 제안을 설명하고 수많은 질문을 받아야 했다.

카자크들은 낮과 밤이 달랐다.

낮에는 격렬한 토론을 하며 자신의 주장을 굽히지 않았다. 그러나 밤이 되면 모든 주민이 곳곳에 모여 춤을 추고 노래를 불렀다.

⁂

며칠 후, 드디어 토론이 끝났다.

늦은 오후.

유병호가 알렉세이 이바노프의 초대를 받아 그의 집으로 갔다. 그의 집에는 십여 명의 카자크 지도자들이 모여 있었다. 이미 몇 번의 만남으로 대부분 안면이 있는 사람들이었다.

유병호가 눈인사를 하며 자신에게 배정된 의자에 앉았다.

"어떻게, 좋은 결과를 얻어 냈습니까?"

알렉세이 이바노프가 크게 고개를 끄덕였다.

"그렇습니다. 만장일치는 아니지만, 절대다수의 지지로 조선의 제안을 받아들이기로 했습니다."

유병호가 크게 기뻐했다.

"잘하셨습니다. 이 결정을 절대 후회하지 않을 겁니다."

"그런데 하나 부탁드리고 싶은 게 있습니다."

"말씀해 보시지요."

"우리는 이곳에 그대로 거주하고 싶습니다. 그러니 조선의 대업이 성공하면 이 일대를 우리의 자치 지역으로 설정해 주셨으면 합니다."

유병호의 눈이 커졌다.

"이 지역은 겨울이 혹독합니다. 그런데도 이 지역을 원하신다는 말입니까?"

"그렇습니다. 우리가 이곳에 들어와 산 지 벌써 한 세대가 넘었습니다. 그러다 보니 대부분의 부족민이 이 지역을 떠나려 하지 않는군요."

유병호가 즉석에서 동의했다.

"그대들이 원한다면 그렇게 해 주겠습니다."

"감사합니다. 그리고 생필품은 부족하지 않게 공급해 주셨으면 합니다."

"당연히 그래야지요. 그대들이 우리를 선택한 순간부터 우리 주민이 되었습니다. 우리 조선은 주민을 결코 버리거나 소홀히 하지 않습니다. 본래는 그대들이 거주지를 옮기면 상설 장시부터 개설하려고 했습니다."

"상설 장시가 개설되면 생필품 수급이 훨씬 편리해지겠군요. 다른 지역의 모피도 수집해서 넘길 수도 있겠고요."

"물론입니다."

"그러면 이곳에도 개설이 되는 겁니까?"

"당연히 그렇게 해야겠지요."

카자크들이 격하게 반겼다.

그들 중 한 사내가 나섰다.

"혹시 생필품을 바로 공급해 주실 수 있겠습니까? 조선이 그렇게만 해 준다면 당장이라도 러시아와의 관계를 청산하겠습니다."

유병호가 즉석에서 승낙했다.

"좋습니다. 그대들의 요청을 전령을 통해 먼저 알리겠습니다. 본국에서는 반드시 필요한 생필품부터 공급할 것입니다."

"그렇게 된다면 더 바랄 게 없습니다."

유병호가 전령을 먼저 보냈다. 이어서 원정대가 귀환했으며, 카자크 지휘부 십여 명이 동행했다.

북상할 때는 경계를 하느라 속도를 조절하며 이동했다. 그러나 귀환은 최대한 속도를 낸 덕분에 불과 이레 만에 여의도에 도착할 수 있었다.

세자가 카자크들을 환대했다.

"어서들 오세요. 먼 길을 오느라 모두 고생이 많았습니다."

카자크들은 모자를 벗고 정중히 몸을 숙였다. 그러고는 알렉세이 이바노프가 나섰다.

"처음 뵙겠습니다. 저는 카자크 부족을 이끌고 있는 아타만 알렉세이 이바노프입니다."

"반갑습니다. 내가 조선의 세자입니다."

세자는 능숙하게 카자크들과 악수를 나누었다. 그러고는 옆에 있는 이만수를 소개했다.

"이분은 본국의 외교와 교육을 담당하고 있는 예조판서이십니다."

이만수도 능숙하게 손을 내밀었다.

"어서 오십시오. 조선의 예조판서를 맡고 있는 이만수라고 합니다."

세자는 상무사 박종보도 인사를 시켰다. 그러고는 손으로 자리를 권했다.

"모두 자리에 앉으세요."

"감사합니다."

사람들이 자리에 앉으니 유병호가 상황 보고부터 했다.

간략한 보고를 받은 세자가 크게 치하했다.

"참으로 큰일을 해냈습니다. 유 여단장의 이번 성공으로 우리는 대업 성공에 한발 더 나가게 되었습니다."

"황감하옵니다. 이번 성공은 카자크들이 의외로 적극적으로 나온 덕분입니다."

세자가 기뻐했다.

"카자크의 현명한 결정에 감사드립니다. 그대들의 이번 결정은 우리 모두에게 최고의 결과를 가져오게 될 겁니다. 그리고 우리는 그대들을 절대 외면하지 않을 겁니다."

알렉세이 이바노프가 고개를 숙였다.

"고맙습니다. 세자께서 그런 약속을 해 주시니 무거운 짐을 덜어낸 듯합니다."

"그리고 생필품 공급을 부탁했다고요?"

"그렇습니다."

"러시아와의 거래는 1년에 몇 번이나 하나요?"

"러시아 본토와 우리 지역은 너무 멉니다. 이동 수단도 육로 이외에는 없고요. 그래서 세금을 걷기 위해 징세원이 오는 초여름에 단 한 번만 합니다."

"카자크 주민이 얼마나 되지요?"

"대략 1만 정도 됩니다."

세자가 고개를 저었다.

"그러면 생필품이 많이 부족했겠네요."

동행한 카자크가 분통을 터트렸다.

"그게 문제였습니다. 러시아는 최악의 수준을 면할 정도만큼만 생필품을 공급했습니다. 그것도 물물교환을 핑계로 막대한 폭리를 취하면서요. 이번에 우리가 조선에 귀의하게 된 이유도 바로 그 때문입니다."

다른 카자크도 나섰다.

"맞습니다. 러시아는 그저 세금 혜택만 주고는 철저하게 이용만 해 왔습니다. 그러다 종내는 지금처럼 버려지게 되었고요."

세자가 확언했다.

"우리는 카자크를 절대 버리지 않을 겁니다. 그대들이 우리 손을 잡은 순간 우리 백성과 동등한 혜택을 누리게 될 겁니다. 아울러 그대들이 사는 지역에 상무사가 진출해 상설 장시를 개설할 겁니다. 그러니 앞으로 생필품 걱정은 하지 않아도 됩니다."

카자크들은 환호했다.

북방에 살면서 가장 힘들고 어려운 일이 생필품 수급이었다. 이런 사정을 알고 있던 러시아는 이를 교묘하게 악용해 왔었다.

그런데 상설 장시가 개설되면 그런 고민을 하지 않아도 되었다. 카자크들은 몇 번이고 세자에게 인사를 하며 고마움을 표시했다.

세자가 적당한 때 일어났다.

"협정서 작성은 예판께서 전담하실 겁니다. 상무사 대표가 보조할 것이고요. 그러니 세세한 내용은 두 분과 협의해서 진행하세요."

"알겠습니다."

협정서 작성은 오래 걸리지 않았다. 며칠 동안 동행하면서 이견 조율을 대부분 끝냈기 때문이다.

＊

다음 날.

카자크들이 국왕을 알현했다.

본래는 창덕궁으로 들어가 알현해야 순리다. 그런데 카자크들의 복장이 문제가 되었다.

북방은 물자가 귀하고 날씨도 혹독하다. 그런 자연과 싸우는 카자크들은 가죽을 무두질해 입는다.

대부분 수염을 기르고 있었으며 털모자도 쓰고 있었다. 여기에 머리 중앙만 남기고 모두 밀어 버리는 특유의 변발도 많이 하고 있었다.

이런 복장으로 입궐할 수는 없었다. 체구도 커서 준비된 조선의 관복이 맞지도 않았다.

그렇다고 신속(臣屬)한 그들을 그냥 돌려보낼 수는 없었다. 그래서 접견 장소를 동평관(東平館)으로 결정했다.

"주상 전하, 납시오!"

내관의 목소리에 카자크들이 일제히 모자를 벗었다. 그러고는 한쪽 무릎을 꿇고서 고개를 숙였다.

카자크로서는 최상의 예절이었다.

국왕이 용상에 앉았다.

"모두 일어나시오."

"감사합니다."

카자크들이 몸을 세우면서 모자를 썼다.

그런 카자크들을 보며 국왕이 감탄했다.

"오! 듣던 대로 기골이 장대하구나."

세자가 설명했다.

"카자크들은 육식을 주로 합니다. 그런 식습관으로 인해 몸집이 우리보다 상당히 큽니다. 더구나 입고 있는 옷도 짐승 가죽이어서 더 크게 보이기까지 하옵니다."

"그렇구나."

국왕이 카자크들을 둘러봤다.

"누가 지도자더냐?"

알렉세이 이바노프가 나섰다.

"소인이 부족을 이끄는 아타만으로, 이름은 알렉세이 이바노프라고 합니다."

"아타만이 무엇이지?"

세자가 설명했다.

"아타만은 주민들의 선거로 선출되는 카자크 부족의 지도자를 말합니다."

국왕의 큰 관심을 보였다.

"선거로 지도자를 선출한다고?"

"그렇사옵니다."

"허허! 놀라운 일이구나. 과거 주(周)나라 여왕(厲王)이 탐욕하고 잔인해 폭정을 자행했다. 그런 군주로 인해 조정이 부패하고 나라가 흔들렸었지. 이를 보다 못한 국인들이 국인폭동(國人暴動)을 일으켜 여왕이 도망하면서 실각했다. 그런 주나라를 제후들의 추대로 공백(共伯) 화(和)가 천자를 대신해 정무를 보게 되었다. 그런 상황을 '공화'라고 하는데 현실에서 그런 경우를 보게 되었구나."

"맞습니다. 상황은 다르지만 카자크는 공화제와 비슷한 제도를 시행하고 있습니다."

세자는 카자크의 지도 체제를 상세히 설명했다.

국왕은 설명을 들으면서 연신 감탄했다.

"허허! 성인이면 투표할 권한도 있지만, 위기를 당하면 반드시 무기를 들고 싸워야 한다니. 권리와 책임이 동시에 따른다는 의미로구나."

개혁군주

"그렇사옵니다."

국왕이 알렉세이 이바노프에게 질문했다.

"주민들이 아타만에 대한 탄핵도 할 수 있는가?"

"있습니다. 제가 통치를 잘못하면 주민들은 전체 주민 투표를 요청합니다. 거기서 3분의 2 이상의 찬성이 나오면 탄핵을 당해 실각합니다. 그래서 아타만은 늘 주민들을 위해 최선을 다할 수밖에 없습니다."

"그렇구나. 어떤 방식의 지도자가 되었든 나라와 백성을 위해 고심해야 하는 건 당연한 일이다."

"옳으신 지적입니다. 저는 아타만으로 재임하는 동안 성심을 다해 주민들을 돌볼 것입니다."

국왕이 크게 고개를 끄덕였다.

"앞으로도 너의 부족을 위해 성심을 다하라."

"전하의 말씀, 항상 명심하겠습니다."

세자가 나섰다.

"아바마마, 카자크들의 사정이 여의치 않다고 합니다. 그래서 바로 생필품을 공급해 주었으면 하옵니다. 윤허해 주시옵소서."

카자크에 대한 지원은 세자가 직접 해도 된다. 그럼에도 윤허를 청원한 건 그만큼 카자크의 귀의가 중요하다는 사실을 알리는 의미였다.

국왕이 바로 허락했다.

"우리에게 신속한 저들은 외양은 다르지만 우리 백성과 다를 바 없다. 당연히 도움을 줄 일이 있으면 도와야 한다. 세자는 상무사를 통해 즉각 생필품을 공급해 주도록 하라."

"명심하여 거행하겠사옵니다."

알렉세이 이바노프가 무릎을 꿇었다.

"전하의 하해와 같은 성은에 감읍하옵니다. 앞으로 우리 카자크는 언제까지라도 조선과 같은 길을 걸어가겠사옵니다."

"허허허! 고맙구나."

하나로 셋을 얻었다.

세자는 국왕의 권위도 세워 주면서 카자크의 충성도 받아 냈다. 그러면서 카자크의 귀의가 중요하다는 사실도 조정에 알렸다.

중신들은 역시 하는 표정을 지었다.

호조판서가 문제를 제기했다.

"전하! 곧 겨울이옵니다. 지금 준비해서 공급해도 겨울철에 북방을 가로질러야 하는 어려움이 있사옵니다."

세자가 나섰다.

"호판 대감의 말씀대로 육로 수송은 어렵습니다. 아니, 거의 불가능하다고 해야 하는 게 맞습니다. 그래서 이런 시기에는 육로보다는 해상 수송이 최상입니다."

세자가 알렉세이 이바노프를 바라봤다.

"아타만은 출해구(出海口)가 어디인지 알지요?"

"알고 있습니다. 아무르강이 바다와 만나는 지점을 말합니다."

"그대들이 아무르라고 부르는 흑룡강은 11월이면 얼기 시작합니다. 지금 우리가 물건을 준비한다고 해도 한 달여의 시간이 필요합니다. 그래서 원산에서 배로 올라간다고 해도 거의 그 시점에 도착하게 될 겁니다. 그러니 그대들이 날짜를 맞춰 출해구로 와 주었으면 합니다."

알렉세이 이바노프가 심각한 표정을 지었다. 그러나 그는 안 된다는 말을 하지는 않았다.

"알겠습니다. 말씀하신 대로 나가서 기다리겠습니다. 그런데 기왕이면 최대한 날짜를 당겨 주셨으면 합니다."

"우리도 그러고 싶지요. 하지만 그대들이 필요한 생필품을 바로 조달하기가 쉽지 않아요."

"그러면 이번에는 양곡만이라도 먼저 내주실 수 없겠습니까?"

"양곡은 농사를 지어서 충당하지 않나요?"

알렉세이 이바노프가 고개를 저었다.

"농사를 짓고는 있지만 충분한 양을 수급하지는 못하고 있습니다. 그래서 늘 러시아에 의지해 왔고요."

세자가 즉석에서 동의했다.

"그렇게 하지요. 다행히 마포에는 상당한 양의 양곡이 비축되어 있습니다. 그대들이 필요한 양을 충분히 공급할 정도가 되니 우선적으로 그걸 먼저 불출하지요. 그러면 보름 정도면 출해구에 도착할 수 있을 거예요."

이때, 몸집이 작은 사내가 나섰다.

"혹시 통조림도 내주실 수 있겠습니까? 만일 가능하다면 값은 저희가 사냥한 모피로 치르겠습니다."

"물론이지요. 마포의 창고에는 각종 통조림도 대량으로 보관되어 있습니다. 그 물량을 우선 공급해 드리겠습니다."

알렉세이 이바노프가 반색했다.

"감사합니다. 식량과 통조림은 반드시 제값을 치러 드리겠습니다."

국왕이 손을 들었다.

"그 일은 서로 알아서 잘 정리하라. 오늘은 북방에서 귀중한 손님이 온 날이다. 이런 날 어찌 주연이 없을 수 있겠느냐!"

예조판서 이만수가 나섰다.

"그렇지 않아도 환영연을 준비해 두었사옵니다."

그가 손짓하자 무희와 함께 장악원의 악사들이 마당으로 들어왔다. 그렇게 시작된 연회는 한나절 동안 진행되었다.

국왕은 기꺼웠다.

과거였다면 양이(洋夷)로 부르며 상종하기도 어려운 외국인들이었다. 그런 외국인들이 자발적으로 찾아와 충성을 맹

세하며 신속을 자처했다.

더구나 북방 교란과 북벌에도 전폭적으로 참여하겠다고 약속했다. 북방 경험이 없는 조선으로선 쌍수를 들고 환영할 일이었다.

그런 카자크의 귀환을 세자가 주도했다. 그래서 국왕은 평상시보다 더 호탕한 모습을 보이며 연회를 즐겼다.

❀

다음 날.

세자가 유병호 등과 동평관을 찾았다.

"간밤에 편히 쉬었습니까?"

카자크들이 일제히 몸을 숙였다.

알렉세이 이바노프가 대표로 나섰다.

"모처럼 푹 쉬었습니다."

"여독이 상당했을 터인데 얼굴이 밝아 보여 다행입니다."

"하하하! 우리 카자크는 말을 타고 이동하는 건 일상입니다. 며칠 말을 달렸다고 해서 몸이 나빠질 정도는 아닙니다."

"그렇다면 다행이군요."

유병호가 거들었다.

"세자 저하의 지시로 그대들이 요청한 식량과 통조림 선적이 새벽부터 시작되었습니다."

알렉세이 이바노프가 놀랐다.

"벌써 작업이 시작되었단 말씀입니까?"

"그렇습니다. 저하께서 카자크들의 어려움을 하루라도 빨리 해소하라는 명을 내리셨습니다. 그래서 어제 동석했던 상무사 대표께서 새벽부터 마포로 내려가 계시지요."

알렉세이 이바노프가 머리를 숙였다.

"정말 고맙습니다. 우리 주민들이 이 사실을 알게 되면 동쪽을 향해 수없이 절을 할 것입니다."

세자가 다시 강조했다.

"앞으로 상설 장시가 개설되면 이런 어려움은 근원적으로 해결이 될 겁니다."

"거듭해서 감사드립니다."

"그리고 당부의 말씀이 있습니다."

"말씀하십시오. 저희가 들어드릴 수 있는 일이라면 무엇이든 하겠습니다."

"이번에 올라가시면 바로 병력을 점검해 주었으면 합니다. 그렇게 병력을 정리해서는 북방을 뒤흔들어 주었으면 합니다."

알렉세이 이바노프의 눈이 커졌다.

"바로 말입니까? 저희는 내년쯤으로 생각하고 있었습니다."

개혁군주

"본래는 우리도 그런 정도로 예상했습니다. 그런데 유럽과 청국의 내부 사정이 예상보다 급박하게 돌아가고 있습니다. 우리는 그런 빈틈을 적극적으로 이용하려고 합니다."

"유럽에 무슨 일이 생긴 겁니까?"

"지난겨울 프랑스의 나폴레옹이 황제에 등극했다고 합니다. 그런 프랑스가 대대적인 병력을 동원해 전쟁을 일으켰다고 합니다. 그 규모가 이전과 달라 유럽 전역이 본격적인 전쟁의 소용돌이에 휩싸이게 되었고요."

"그렇다면 러시아가 시베리아로 눈을 돌리지 못하겠군요."

"그렇습니다. 러시아는 적어도 10여 년은 나폴레옹과의 전쟁에 온 국력을 집중시켜야 할 겁니다. 그리고 청나라도 백련교가 강남으로 급격하게 세력을 확장하고 있다고 합니다. 그로 인해 청국의 상황도 예상보다 훨씬 더 어려워졌고요."

"그렇군요. 그런데 죄송하지만 그런 정보는 정확한 것입니까?"

세자가 장담했다.

"물론입니다. 우리는 오래전부터 대업을 준비해 왔습니다. 그 일환으로 정보 수집에 아주 공을 많이 들여 왔습니다."

유병호가 부언했다.

"방금 말씀드린 정보는 무조건 믿어도 됩니다."

알렉세이 이바노프가 고개를 끄덕였다.

"알겠습니다. 그러면 어떤 방식으로 병력을 운용하면 되겠습니까?"

세자가 고개를 끄덕였다.

무관이 탁자 위로 개량된 수석소총 1정을 공손히 올려놓았다.

"이번에 본국이 개량한 소총입니다. 아타만께서 직접 살펴보시지요."

알렉세이 이바노프가 소총을 살피다 놀랐다.

"오! 이 소총은 탄약 접시가 없군요?"

"그렇습니다. 개량된 소총은 탄약 접시가 없습니다. 그 대신 이런 격발장치를 끼워서 사용합니다."

유병호가 직접 시범을 보여 주었다.

그것을 본 카자크들이 아주 큰 관심을 보였다.

"놀랍군요. 그 작은 장치를 끼우면 장전도 편하고 조준 사격할 때도 훨씬 쉽겠습니다."

"정확히 보셨습니다. 이 소총은 마상에서도 결정적 한 발로 적을 저격할 수가 있지요."

알렉세이 이바노프가 동조했다.

"그렇겠습니다. 화승도 필요 없고 화약도 날리지 않으니 마상에서도 유용하게 활용하겠습니다."

세자가 이번에는 종이 탄약을 내놓았다. 그것을 본 알렉세이 이바노프의 눈이 커졌다.

"이게 무엇입니까?"

"우리의 전통 종이를 기름에 먹여서 만든 종이 탄약입니다."

"종이 탄약이요?"

"예. 이 종이 탄약은 총탄 발사에 필요한 탄약이 들어 있지요. 그래서 장탄도 용이하고 따로 화약 주머니가 필요 없지요."

이어서 유병호가 데리고 온 무관이 종이 탄약의 사용법을 능숙하게 시연했다.

알렉세이 이바노프가 대번에 탄성을 터트렸다.

"대단합니다. 종이 탄약을 사용한다면 소총의 발사 속도를 획기적으로 배가시킬 수 있겠습니다."

이러던 그가 눈을 빛냈다.

"이 소총을 보여 주시는 의도가 무엇입니까?"

세자가 웃었다.

"하하하! 아타만의 기대대로 이 소총을 카자크 부족에 무상으로 제공해 드릴 겁니다."

알렉세이 이바노프의 눈이 찢어질 듯 커졌다.

"무상으로 주신다고요?"

"그렇습니다."

카자크들이 반색했다.

카자크들은 평생을 사냥하며 살아간다. 이런 카자크들에게 질 좋은 소총은 여분의 목숨을 하나 더 얻는 거나 다름없었다.

"감사합니다. 정말 생각지도 못한 귀중한 선물입니다."

"아닙니다. 그보다 카자크에서 동원할 수 있는 병력이 얼마나 되지요?"

알렉세이 이바노프가 바로 대답했다.

"우리 카자크는 성인이 되면 누구나 전사가 됩니다. 그래서 최대한으로 동원 가능한 병력은 3천 정도가 됩니다."

세자가 고개를 저었다.

"북방을 교란하기 위해 모든 병력을 동원할 필요는 없습니다. 우리가 바라는 건 청나라와 러시아의 골머리를 앓게 하는 거지 전투를 벌이자는 게 아닙니다."

"하지만 많은 병력이 나서면 할 일이 더 많아지지 않겠습니까?"

"교란작전을 시행할 때는 그렇게 무리하지 않아도 돼요. 우리는 카자크가 오래도록 우리와 함께하길 바랍니다."

"하지만, 귀중한 소총까지 내주시는데 우리도 최선을 다해야 하지 않겠습니까?"

세자가 다시 고개를 저었다.

"소총은 카자크 부족이 전부 무장할 수 있을 정도로 공급할 겁니다. 그러나 병력은 적절히 조절하는 게 좋아요. 그 대신 수시로 교체해 병사들의 피로감을 줄여 주세요. 그리고 출정하는 병사들의 군수물자와 식량은 우리가 책임지고 공급할 겁니다."

알렉세이 이바노프가 감격했다.

"감사합니다. 그렇게만 해 주신다면 우리 카자크는 조선에 더욱더 충성을 바치겠습니다."

유병호가 고개를 갸웃했다.

"왜 그렇게 반응이 격하지요? 혹시 시베리아 개척을 할 때 러시아가 식량과 군수물자를 공급해 주지 않았나요?"

알렉세이 이바노프가 고개를 저었다.

"없었습니다. 우리는 모든 물자를 물물교환을 통해 구입해야 했습니다. 하다못해 총탄까지도 개인적으로 구입했습니다. 그래서 우리 부족 중에는 구식 조총을 쓰는 사람도 꽤 많습니다."

"그러면 단지 세금만 면제받았던 겁니까?"

"예, 여단장님."

"놀랍네요. 겨우 그런 혜택도 아닌 혜택을 받으며 200여 년을 고생하다니요."

"우리 카자크는 약속을 철저하게 지킵니다. 솔직히 러시아가 우리를 방치하지만 않았어도 조선에 신속하며 충성할 생각은 하지 않았을 겁니다. 아무리 좋은 조건을 제시해도요."

세자가 확신을 주었다.

"그래서 우리가 카자크의 귀유에 공을 들였던 겁니다. 다시 말씀드리지만 우리는 절대 그대들을 버리지 않을 겁니다."

알렉세이 이바노프도 다짐했다.

"감사합니다. 조선이 우리의 손을 잡아 주는 한, 우리 카자크가 먼저 등을 보이지 않을 겁니다."

"좋습니다. 그러면 병력 문제를 다시 논의하지요."

"예. 세자님의 말씀대로 병력을 운용한다면 백인대 열 개는 언제라도 출정이 가능합니다."

세자가 유병호를 바라봤다.

"유 여단장. 천 명이라고 하는데 충분하겠지요?"

"물론입니다. 카자크 천 명과 우리 북방여단 2개 대대 병력을 투입해서 교란작전을 벌이겠습니다."

"그렇게 하세요."

세자가 지도를 펼쳤다.

"이 지도에는 우리가 지난 몇 년간의 정찰로 얻어 낸 북방 지역 상황이 표시되어 있습니다. 그러나 러시아가 강점하고 있는 시베리아에 대한 자료는 많이 부족합니다."

알렉세이 이바노프가 나섰다.

"그 부분은 조금도 걱정 마십시오. 시베리아를 우리 카자크보다 잘 아는 사람은 없습니다."

이러면서 그가 지도의 부분 부분을 짚어 가면서 설명했다. 그러자 그의 동료들이 달려들어 시베리아에 있는 러시아 요새 지도를 만들어 갔다.

카자크들은 서로 의견을 주고받으며 요새 등을 표시해 나갔다. 세자는 한발 물러서 흐뭇한 표정으로 그들의 작업을 기다려 주었다.

얼마가 지났다.

카자크들이 작업을 마치고 뒤로 물러섰다. 그러자 비어 있던 시베리아가 대부분 채워져 있었다.

유병호가 놀랐다.

"카자크들의 활동 범위가 이렇게 넓습니까?"

"그렇게 넓지는 않습니다."

"그런데 어떻게 이 넓은 부분의 정보를 다 알고 계십니까?"

"1년에 한 번 러시아 징세관이 방문합니다. 우리는 그들과 함께 온 상인들에게 생필품도 구매하지만, 시베리아 정보도 입수합니다. 그렇게 입수한 정보는 우리 모두 공유를 하고요."

세자는 궁금했다.

"그렇게 하는 이유가 있나요?"

"시베리아는 척박하고 위험해서 늘 조난의 위험에 노출되어 있습니다. 그럼에도 우리는 살기 위해 한겨울에도 모피 사냥을 하러 다닐 수밖에 없지요. 그런 우리에게 정보는 목숨이나 다름없습니다."

"한겨울에도 사냥을 하다니 안타까운 일이군요."

"어려워도 할 수가 없습니다. 겨울철 사냥은 북방 사람들에게 필요한 일입니다. 그보다 러시아로부터 얻은 정보가 이런 식으로 유용하게 쓰여서 다행입니다."

세자가 치하했다.

"고마운 말씀이네요. 여러분들의 정보는 교란작전을 수행하는 데 아주 큰 도움이 될 것입니다."

카자크들은 신이 났다.

세자가 소총을 무상으로 제공해 주겠다고 약속했다. 거기다 동원 병력의 군수물자까지 약속하니 하나같이 입이 귀에 걸렸다.

작전 계획도 논의했다.

북방 지리에 밝은 카자크들은 적극적으로 의견을 냈다. 덕분에 기존에 세워 두었던 계획은 충실하게 보강될 수 있었다.

협의를 마친 카자크가 바로 움직였다. 겨울이 다가오고 있어서 머뭇거릴 형편이 아니었다.

절반의 카자크들은 올 때와 마찬가지로 육로로 귀환했다. 알렉세이 이바노프와 몇 명은 남아 배로 이동하기로 했다.

북병여단도 둘로 나뉘었다.

대부분의 병력은 카자크들과 함께 육로로 올라갔다. 유병호는 알렉세이 이바노프와 배로 올라가기로 했다.

❀

다음 날.

세자가 직접 마포로 내려갔다. 그리고 원정대와 카자크들에게 일일이 악수를 나누며 격려했다.

내치와 외정

　세자가 카자크들을 전송하고 환궁했다. 그런 세자를 상선
이 기다리고 있었다.
　"저하. 주상 전하께서 찾으시옵니다."
　"그래요? 아바마마께서 어디 계시지요?"
　"지금 성정각에서 기다리고 계십니다."
　"안내하세요."
　"예, 저하."

　잠시 후.
　세자가 국왕과 마주 앉았다.
　"카자크들은 돌아갔느냐?"

"예. 방금 북방여단장과 함께 출발했사옵니다."

"우리가 세운 계획대로 북방 교란이 잘 진행되어야 한다. 우리와 처음인 카자크들이 그런 막중한 일을 잘 수행할지 걱정이구나."

"소자도 저들의 군사 부분에 대한 능력을 확신하지는 않습니다. 그러나 시베리아를 개척한 근성만큼은 최고라 생각되옵니다. 더구나 북방을 그들만큼 아는 사람들도 없고요."

국왕도 인정했다.

"옳은 말이다. 북방을 그들만큼 잘 아는 사람들은 없는 게 맞다. 그런데 그들이 우리를 배신하는 일은 없겠지?"

세자가 장담했다.

"결코 그런 일은 없을 것이옵니다. 그리고 지금부터는 우리 북방여단과 함께 일을 추진할 터여서 다른 마음을 먹는 것도 쉽지 않사옵니다."

국왕의 용안은 쉽게 펴지지 않았다.

"과거 만주족의 조상인 여진이 우리 태조께 신속한 적이 있었다. 그 후 우리는 그들을 잘 보살폈었는데 끝내 우리를 배반했었다. 아비는 그런 일이 되풀이되지 않았으면 한다."

세자가 차분하게 설명했다.

"여진이 청을 건국하게 된 이면에는 명나라의 정책 실패가 큰 원인이었습니다."

"그 말은 맞다. 명나라의 여진부족 이간책이 성공한 듯했으나, 결국 화근이 되어 명나라를 무너트리게 되었다."

"그러하옵니다. 그리고 여진은 10만 가까운 병력을 동원
할 정도의 인구가 있었습니다. 그래서 요동을 장악하면서 수
십만으로 병력을 증강할 수 있었사옵니다. 그러나 카자크들
은 주민의 숫자가 겨우 1만이고 몇천 병력을 동원할 정도에
불과하옵니다. 그런 카자크들이 독자 세력을 구축할 수는 없
사옵니다."

국왕이 크게 고개를 끄덕였다.

"설명에 거침이 없는 것을 보니 그런 사정도 염두에 두었
었구나."

"경우의수를 생각하지 않을 수 없었사옵니다. 그래서 그
들을 더 많이 예우했으며 북방여단까지 함께 움직이게 한 것
입니다."

"역시 우리 세자는 일을 추진하는 데 빈틈이 없구나. 잘했
다."

"황감하옵니다."

국왕이 세자를 바라봤다. 그 눈길이 평상시와 달라 세자는
은근히 긴장하며 몸을 숙였다.

"소자에게 따로 하교하실 말씀이 있는지요?"

"오늘은 특별히 너에게 할 말이 있어 불렀다."

국왕이 잠시 말을 멈추었다. 잠깐의 시간이었으나 세자에
게는 그 시간이 길게만 느껴졌다.

"지금까지 너는 참으로 잘해 왔다. 가장 어려울 거라고 생각했던 군제 개편도 성공적으로 진행되고 있어서 다행스럽지 않을 수 없구나."

"모두가 아바마마의 보살핌이 있어서 가능했사옵니다."

국왕이 고개를 저었다.

"그렇지 않다. 지금의 개혁은 처음부터 너로 인해 시작되었다. 아비는 그저 네가 하는 일에 발목을 잡지 않았을 뿐이다. 그럼에도 너는 거의 모든 일을 성공으로 이끌어 왔다."

이전에도 국왕으로부터 비슷한 공치사(功致辭)를 들은 적이 있었다. 그런데 그때와는 달리 이번에는 뭔가 묘한 느낌이 들었다.

그래서 세자가 더 몸을 낮췄다.

"거두어 주시옵소서. 너무 과한 칭찬이시옵니다."

"아니야. 우리 둘뿐이 없는데 내가 공연한 말로 너를 치켜세울 필요는 없다. 그러니 있는 그대로 받아들이도록 해라."

"……예, 아바마마."

"본래 네가 열다섯이 되면 아비는 너에게 양위하려 했었다. 그러나 그렇게 하지 않았다. 아니, 못했다고 하는 편이 맞다."

"아바마마!"

국왕이 고개를 저었다.

"들어 보거라. 아비가 양위를 하고자 생각한 건 두 가지

개혁군주

이유 때문이다. 하나는 너도 알다시피 할바마마의 신원이다. 다른 하나는 너를 앞세워 대대적인 개혁을 추진하려고 했었다. 그런데 너는 스스로 개혁을 위해 혼신의 노력을 다하고 있다. 덕분에 나라가 이만큼 변화하게 되었지. 거기다 할바마마의 신원도 다른 형식으로 풀자고 했다."

"그러하옵니다. 대업이 완성되면 그 문제는 절로 해결이 될 수 있사옵니다."

"네 말이 맞다. 그래서 양위에 대한 생각을 거두게 되었다. 그런데 네가 군제 개편을 전담하는 걸 보며 많은 걸 느꼈다. 이번 개혁은 누구도 쉽지 않을 거라 예상했다. 실제로 그러했고. 그럼에도 너는 나이에 어울리지 않게 너무도 능숙하게 일을 처리하고 있다."

"모두가 개혁에 대한 열망을 갖고 있어서 가능한 일이옵니다."

"맞다. 과거와 달리 조정 대신은 물론 모든 백성이 개혁을 열렬히 지지하고 있다. 그럴 수밖에 없는 것이, 개혁이 얼마나 세상을 바꾸었는지 모르는 사람이 없기 때문이지."

국왕이 세자를 바라봤다.

"이제는 모든 백성의 흉중에 개혁의 열망이 심겼다. 그 열망을 꽃피우는 건 당연히 북벌이다. 그리고 그 과업을 네가 전담해 주었으면 한다."

세자가 급히 몸을 숙였다.

"아바마마, 대업을 전담하기에는 소자 아직 어리옵니다."

국왕의 목소리가 단호해졌다.

"그렇지 않다. 지금의 조정에서 누가 감히 너를 어리다고 얕볼 수 있겠느냐. 그리고 아비가 이런 결정을 한 데에는 이유가 있다."

"무슨 이유시온지요?"

"너처럼 대국 전체를 볼 수 있는 사람이 조선에는 없다. 특히나 복잡한 대외 관계를 주도할 수 있는 사람은 더더욱 없다."

"그렇지 않사옵니다. 조정에는 유능한 신하들이 많아 외교에서도 충분히 좋은 성과를 거둘 수 있사옵니다."

국왕이 고개를 저었다.

"그렇지 않다. 지금까지 우리 외교는 청나라가 중심이었다. 거기다 국초부터 쇄국 정책을 시행하면서 외국과의 교류를 아예 차단해 왔다. 서양은 무조건 양이로 치부하며 아예 접촉조차 금기시해 왔던 게 실상이다. 그 바람에 우리는 편협한 사고를 품게 될 수밖에 없었다. 지금도 화란양행과 교류하고 서양 과학자들을 받아들이면서 많이 없어졌지만, 아직도 서양인을 보면 위축되는 게 현실이다."

세자도 이 부분은 인정했다.

"그 부분은 시간이 필요한 문제입니다. 서양과 본격적인 교류가 시작되면 위축되거나 경원시하는 부분은 자연스럽게 없어질 것이옵니다."

"그렇지 않다. 사람은 쉽게 바뀌지 않는다. 물론 몇 사람 정도는 바뀌겠지. 허나 근본적인 생각을 바꾸려면 너무도 많은 힘이 든다."

"그래도 최대한 노력을 해야 합니다. 우리가 대업을 완수하면 대륙은 지금과는 전혀 다른 판도가 형성됩니다. 그런 판도를 우리가 주도하기 위해서라도 조정의 면모가 일신되어야 합니다."

국왕도 이 점은 인정했다.

"대업이 완수되면 조금은 바뀌겠지. 그러나 서양과 대등한 관계로 교류하기 위해서는 사고 자체가 바뀌어야 한다. 그래야 네가 바라는 진정한 대국을 만들 수 있어."

세자는 충격을 받았다.

지금까지 몇 차례 자신이 바라는 나라에 대해 역설했었다. 그때마다 국왕은 그저 격려하는 정도였지 오늘처럼 적극적인 발언을 한 적이 없었다.

"……아바마마께서 그런 생각을 품고 계실 줄은 몰랐습니다."

국왕이 속내를 밝혔다.

"솔직히 지금과 같은 개혁이 쉽지 않을 거라고 생각했다. 그래서 개혁과 관련된 발언에 신중을 기할 수밖에 없었다. 그러나 금년 들어 너로 인해 벌써 몇 번의 엄청난 변화가 일어났다. 그런 변화를 보고도 이전처럼 행동할 수는 없었다."

세자가 급히 몸을 숙였다. 그런 세자의 인사는 조금 전과 달리 힘이 가득 들어가 있었다.

"소자를 믿어 주셔서 감읍하옵니다."

"아니다. 그 모든 일을 네가 주도할 수밖에 없는 현실이 안타깝구나. 과인의 경륜이 좀 더 높았더라면 네가 이렇게 힘들게 모든 일을 하지 않아도 되었을 게다. 그래서 과인은 많은 고심 끝에 결정을 했다."

"……무슨 결정이신지요?"

국왕이 굳은 표정을 지었다.

"과인은 앞으로 내치에 전념할 생각이다. 그러니 이제부터 외정은 네가 책임을 져라."

가히 충격적인 발언이었다.

세자의 눈이 더없이 커졌다.

"아바마마, 소자가 외정을 책임지라니요. 그 무슨 황망한 하교시옵니까?"

국왕이 고개를 저었다.

"아니다. 지금도 너는 대외 업무를 거의 총괄하다시피 하고 있다. 거기다 상무사를 통해 서양의 선진 문물을 들여오고, 외국과 교역하면서 막대한 이익을 거둬 오고 있다. 그 이익은 우리나라 개혁의 밑거름이 되고 있지 않으냐."

"……."

개혁군주

"그뿐이 아니다. 과인이 지시는 했지만 너는 이번 군정 개혁을 너무도 성공적으로 이끌어 나가고 있다. 그런 너라면 충분히 외정을 이끌어 나갈 수 있다고 생각한다. 그리고 다가올 대업을 위해서라도 그렇게 하는 게 좋다."

세자도 이 부분에서는 사양하지 않았다.

그러나 짚고 넘어가야 할 일이 있었다.

"조정에서 문제 삼지 않겠사옵니까?"

국왕이 호탕하게 웃었다.

"하하하! 지금 무슨 말을 하는 게냐. 조정 중신들이 비록 완고하지만 결코 어리석은 사람들이 아니다. 그런 중신들이 네가 외정을 책임지는 데에 반대를 한다고?"

국왕이 고개를 저었다.

"누구도 그런 말을 하지 못할 게다. 대리청정이라면 문제가 되겠지. 솔직히 아비는 양위는 못하더라도 대리청정은 맡길 생각도 해 봤다. 그러나 과인은 선대왕 시절 저질러졌던 잘못이 또다시 반복되는 걸 원하지 않는다."

놀랍게도 국왕이 사도세자의 일을 거론했다.

세자는 깜짝 놀라 말까지 더듬었다.

"아, 아바마마."

사도세자는 유년 시절 총명했다.

그런 세자에게 영조는 큰 기대를 걸었다. 그러나 너무도 큰 기대가 끝내는 엄청난 재앙을 초래하고 말았다.

재앙의 시작이 대리청정이었다.

사도세자가 열다섯이 되자 영조는 대리청정을 시행했다. 놀랍게도 사도세자는 대리청정을 훌륭히 수행했다. 기대가 한가득이었던 영조는 더더욱 사도세자를 신뢰했다.

그러나 권력은 부자도 나눌 수 없다는 말이 현실로 나타났다.

사도세자는 대리청정을 하면서 소론 세력을 가까이했다. 노론의 힘으로 용상에 올랐던 영조는 이런 사도세자의 행태를 크게 질책했다.

여느 때였으면 세자는 영조의 질책에 바로 수긍했다. 그러나 무인의 기질이 다분했던 세자는 자신만의 세력을 구축하고 싶어 했다.

그러나 영조는 이런 세자를 더 질책했다. 그러면서 세자의 측근 몇 명을 귀양 보내기까지 했다.

이런 처분에 세자는 처음으로 부왕에게 반발하면서 불만을 품게 되었다.

이때부터 부자간의 틈이 벌어지기 시작했다. 그런 틈을 노론 중신들과 영조의 후궁이 헤집었다.

가뜩이나 엄하게만 다그쳤던 영조는 이들의 부추김에 더욱 세자를 몰아붙였다. 처음에는 순종적이던 사도세자도 점차 국왕을 멀리하며 삐뚤어졌다.

이뿐이 아니었다.

국왕은 거듭해서 양위를 발표하며 세자를 시험했다. 양위 소동이 일어날 때마다 세자는 몇 날 며칠 석고대죄를 하며 죄를 빌어야 했다.

영조는 끝내 세자를 너그럽게 대하지 않고 혹독하게 다그치고 꾸짖기만 했다. 그러다 끝내 최악의 상황까지 초래하게 되었다.

국왕은 사도세자의 고통을 보고 자랐다. 그런 국왕이 과거의 잘못을 되풀이하지 않겠다는 말을 처음 거론한 것이다.

국왕은 감정이 치받쳤는지 말을 못 했다.

"……후! 과인이 잠시 감정이 격해졌구나."

"아니옵니다. 아바마마께서 할바마마를 생각하시는 마음을 모르는 사람은 세상에 없사옵니다."

국왕이 감정을 추슬렀다.

"앞으로 너는 오로지 대업에만 일로매진해라. 그러기 위해 외정과 군정을 전담하도록 해라."

"아바마마, 소자가 군정까지 전담하는 건 무리이옵니다."

"그렇지 않다. 대업을 위해서는 반드시 그렇게 하는 게 좋다. 그리고 네가 혼자 해결할 수 없는 일이 생기면 언제라도 아비를 찾도록 해라."

"……."

세자는 쉽게 대답하지 못했다.

그런 세자의 심중을 읽은 국왕이 은근히 추궁했다.

"어찌 대답을 못 하는 게냐? 온 나라의 역량을 모아 대업을 추진해 온 너다. 그런데 이런 책임도 지지 못한다면 누가 너를 충심으로 따르겠느냐?"

은근하지만 뼈를 때리는 질책이었다.

고심하던 세자가 결국 고개를 숙였다.

"……어명에 따르겠사옵니다."

국왕이 파안대소했다.

"하하하! 잘 생각했다. 네가 어려운 일을 책임을 지겠다고 하니, 앞으로 과인은 내치에 전력을 기울이도록 하마."

이왕 내친걸음이었다. 세자는 국왕에게 믿음을 주기 위해 다짐을 했다.

"소자, 아직 어리고 모르는 일이 많사옵니다. 하오나 성심을 다해 맡은 임무에 충실하겠사옵니다."

"오냐. 그렇게 해 다오. 아비는 너만 믿는다."

성정각의 분위기가 급격히 훈훈해졌다. 부자는 잠시 말을 하지 않았지만, 심정적으로 무수한 말을 주고받았다.

"내년에도 할 일이 하나둘이 아니다."

"그러하옵니다."

"네가 보기에 그런 업무 중 무엇을 가장 중점적으로 챙겨야겠느냐?"

"우선은 강군 양성에 힘을 써야 합니다."

국왕도 동조했다.

"맞다. 대업을 위해서는 강군 양성이 무엇보다 중요하다. 그러기 위해서는 군수물자 확보가 중요하겠지."

"예. 그래서 대월의 농장을 추가 확보했으며, 통조림 공장도 몇 곳 더 만들려고 하옵니다."

"좋은 생각이다. 전쟁은 군수물자 보급이 승패를 좌우한다고 해도 과언이 아니다. 그중 식량 보급에 사활을 걸어야 할 것이다."

"명심하겠사옵니다."

"비상식량으로는 통조림이 그만이지?"

"물론입니다. 통조림은 군수물자 보급에 가장 문제가 되는 저장과 조리가 간편합니다. 더구나 무슨 내용물이든지 넣을 수가 있어서 야전에는 최고입니다."

"옳은 말이다. 금년에 시작된 유럽에서의 전쟁에서도 큰 효과를 보고 있다는 말을 들었다."

"그렇사옵니다. 프랑스의 나폴레옹 통령은 대단한 전략가이자 지략가입니다. 그런 나폴레옹이 루이지애나를 매각하면서 내건 조건 중 하나가 통조림의 독점입니다. 소자도 이런 나폴레옹의 선택이 유럽 전쟁에서 엄청난 위력을 발휘하게 될 겁니다."

"과인도 그렇게 생각한다. 그런데 다른 나라에서 통조림의 장점을 알게 되면 모방하지 않겠느냐?"

"쉽지 않사옵니다. 유럽은 수십여 개로 나뉘어 있지만, 왕가와 고위 귀족들은 온갖 혈연으로 연결되어 있습니다. 그래서 전쟁을 하면서도 명예가 떨어지는 걸 두려워합니다."

"명예가 실추되기 싫어 통조림을 불법으로 만들지 않는다는 말이냐?"

"물론 나라가 무너질 위기에 처하면 뭐든 하겠지요. 그러나 유럽은 나라가 완전히 망하기 전에 먼저 항복합니다. 그래야 나라가 망해도 귀족 가문은 살아남을 수 있기 때문이지요."

국왕이 어이없어 했다.

"무슨 그런 일이 다 있다는 말이냐, 나라가 망하면 가장 먼저 귀족들이 책임을 져야 하거늘."

"그게 유럽의 전통입니다. 방금 말씀드린 대로 유럽은 왕가와 고위 귀족이 혈연으로 연결되어 있습니다. 그래서 끝까지 저항하지 않으면 귀족 가문을 멸문시키는 경우는 거의 없습니다."

"허허! 전쟁에 패해도 나라만 망한단 말이구나."

"그렇습니다. 불과 얼마 전까지만 해도 유럽은 봉건 귀족 사회였습니다. 이런 유럽에서 승전하면 타국의 영토를 할양받게 됩니다. 그렇게 넘겨받은 영토는 공을 세운 순서대로 분할받게 되고요."

"춘추전국시대와 마찬가지였단 말이구나."

"그렇사옵니다. 그러다 국가권력이 강해지면서 귀족의 힘이 크게 약해지기는 했습니다. 그러나 아직도 유럽 일부에는 귀족의 나라인 백국과 후국, 공국, 대공국이 다수 존재하고 있는 형편입니다."

국왕도 유럽의 사정에 대해 어느 정도는 알고 있었다. 그랬기에 세자의 설명에 적극 호응했다.

"프로이센과 이탈리아반도 주변이 그렇다는 말은 들었다."

"그러하옵니다. 두 지역 중 프로이센이 십여 개가 넘는 귀족 국가로 나뉘어 있습니다. 만일 그런 프로이센이 통일된다면 곧바로 유럽 강국의 하나가 될 것입니다."

국왕이 천천히 고개를 끄덕였다.

"이런 대화를 나눌 수 있게 된 것도 다 너의 공이다. 네가 화란양행을 받아들이지 않았다면 서양과의 교류는 아마도 한참 뒤에나 이뤄졌을 게다. 아니, 네가 말한 전생처럼 강제로 개항이 되었을 게다. 그러니 그런 일이 일어나지 않도록 인재를 양성해야 한다."

세자가 설명했다.

"소자는 그래서 내년에 개교하는 대학에 외교학과를 개설할 예정입니다. 아울러 산업자본을 육성하기 위해 경영학과와 경제학과도 적극 육성할 예정이고요."

"산업자본을 육성하겠다면 대규모 자산가를 만들겠다는 생각이구나."

"그러하옵니다. 우리 조선의 국력이 약했던 원인 중 하나가 상업이 발달하지 못해서입니다."

놀랍게도 국왕이 동조했다.

"그 말은 맞다. 청나라와 명나라를 비롯한 대륙 왕조는 항상 거대 상인의 도움을 받아 건국했다. 바로 옆의 일본도 막부를 유지하기 위해 오사카 상인의 자본이 큰 도움이 되고 있지."·

"그러하옵니다. 유럽은 자본가들이 출자한 회사들이 식민지를 만들어 왔습니다. 그러다 점차 나라로 이권을 넘기고 있는 상황이고요. 그런데 우리는 대업에 성공하면 구태여 식민지를 만들지 않아도 될 정도로 거대한 영토를 보유하게 됩니다. 그런 영토를 나라의 힘으로만 개발하기에는 무리가 많습니다. 소자는 그래서 그런 어려움을 민간 자본을 육성해서 대체하려고 합니다."

국왕이 우려했다.

"자본을 육성하는 건 과인도 찬성한다. 하지만 상인들에게 너무 많은 권한을 주게 되면 나중에 문제가 되지 않겠느냐?"

세자가 분명하게 밝혔다.

"그렇지 않사옵니다. 국가발전을 위해서는 반드시 민간 자본을 대대적으로 육성해야 합니다. 특히 민간 자본이 각종 일자리를 지속적으로 만들어 나가야 건강한 사회를 유지할 수 있사옵니다. 그리고 사회가 복잡해질수록 나라가 할 수 있는 일이 의외로 줄어들게 됩니다."

"하긴, 나라에서 모든 일을 해 나갈 수는 없지. 내년에 설립될 대학만 해도 서원의 적극 참여를 권장한 이유가 있었지."

"그렇사옵니다."

"알겠다. 그 사안은 네 생각대로 추진해 봐라. 그리고 이제는 대업이 끝난 이후도 생각해 봐야 하지 않겠느냐?"

"가장 먼저 논공행상부터 시행해야 하옵니다."

"당연히 그래야겠지. 그래서 너와 내가 작위 제도를 부활하자고 결정하지 않았느냐? 국가유공자 제도도 마찬가지이고."

"그렇사옵니다. 그리고 소자는 논공행상에서 봉작된 유공자들에게 일정 지역을 나눠 주었으면 하옵니다."

국왕이 크게 놀랐다.

"아니, 땅을 나눠 주다니? 봉건시대도 아닌데 봉토를 나눠주자는 말이더냐? 아니면 공신전을 지급하자는 말이냐?"

"공신전은 백성들에게는 이중과세나 마찬가지여서 많은 문제가 있습니다. 그래서 소자는 다른 생각을 하고 있습니다."

세자가 자신의 생각을 상세히 설명했다.

심각한 표정으로 설명을 듣던 국왕이 질문했다.

"루이지애나와 같은 개척지를 나눠 주어서 개발을 촉진하자는 게로구나. 필요하면 상인들의 자본을 활용하도록 지원을 해 주면서."

"그렇사옵니다. 대업이 끝나면 넓어진 국토를 균형 발전시켜야 합니다. 그러기 위해서는 대대적인 민간의 투자가 가장 좋은 방법입니다. 그 대신 나라에서는 항만, 도로와 같은 사회간접자본에 대한 투자를 대규모로 해야 하고요."

"으음!"

"그리고 대업에 참여했던 장병에게도 특별 포상을 시행했으면 합니다."

국왕의 용안이 커졌다.

"어떤 식으로 포상을 하자는 말이냐?"

"개척지의 토지를 무상으로 제공했으면 합니다. 그것도 이주민보다 넓은 면적을요. 전투 경험이 많은 병사가 개척지로 이주해 정착하게 된다면 유사시에 큰 효과를 볼 수가 있사옵니다."

국왕도 적극 동조했다.

"그거 아주 좋은 생각이다. 나라를 위해 싸운 장병들에게 그 정도의 혜택은 주어야겠지. 기왕이면 전상자들에 대한 특별 포상으로 토지를 무상분배해 주면 좋겠구나. 물론 전사자에 대한 예우는 더 특별해야 할 것이고."

"당연히 그렇게 해야 하옵니다. 과거였다면 땅이 없어서 나눠 주지 못했을 것이옵니다. 그러나 이제는 나라를 위해 헌신한 장병들에게 충분한 포상을 해 줄 영토가 생겼습니다. 그런 영토를 개척하기 위해서라도 포상을 적극 활용해야 하옵니다."

"옳은 말이다."

세자가 강조했다.

"작위를 받은 유공자들도 그런 차원에서 적절한 면적을 나눠 주었으면 되옵니다."

국왕은 봉건시대 생각으로 접근했을 때는 부정적이었다. 그러나 장병들의 포상과 함께 생각해 보니 충분히 가능한 일이었다.

"좋다. 그 부분은 좀 더 다듬어서 결정하자."

"그렇게 하겠습니다."

"그리고 작위 제도와 토지 포상은 상황을 봐 가며 공표를 하는 게 좋다. 그래야 최고의 효과를 거둘 수 있을 게다. 그러니 당분간은 이 일을 비밀로 하는 게 좋을 듯하구나."

"명심하겠사옵니다."

세자가 인사를 하고 전각을 나왔다.

부왕의 생각지도 않은 외정 전담 지시를 생각하니 이런저런 생각이 많아졌다. 그러나 북벌을 위해서는 국왕의 말대로 내치와 외정을 분리하는 게 당연히 좋았다.

세자가 주먹을 움켜쥐었다.

"그래, 해 보자. 부왕께서 이렇게 나를 믿어 주시는데 못 하면 그게 더 이상한 일이다. 그리고 나중을 위해서도 그렇게 하는 게 더 좋다."

결심을 한 세자는 걸음을 서둘렀다.

금융의 발전

　북부여단장 유병호가 망원경으로 전방을 살피고 있었다. 그런 그의 시야에는 목책으로 둘러싸인 요새가 들어와 있었다.

　그렇게 전방을 살피던 그가 손을 들었다. 그것을 본 부관이 들고 있던 깃발을 힘차게 저었다.

　"발사!"

　뽕! 뽕! 뽕! 뽕!

　십여 문의 박격포가 일제히 불을 뿜었다. 그렇게 쏘아진 포탄이 러시아 요새를 정확히 타격했다.

　쾅! 쾅! 쾅! 쾅!

　커다란 폭발음과 함께 파편이 사방으로 비산했다.

박격포는 가벼워 운반이 용이하다. 그래서 보병뿐 아니라 기병도 유용하게 활용할 수 있다. 박격포는 세자의 기술개발청이 개발했으며, 이번에 처음 실전에 투입되었다.

북방여단 2개 대대가 카자크 부족과 공동으로 교란작전을 시행하고 있었다. 교란작전은 가장 먼저 러시아가 만든 요새부터 공략했다.

쾅! 쾅! 쾅!

유병호가 망원경에서 눈을 떼지 않고 포격을 당하는 요새를 살폈다. 동행한 알렉세이 이바노프도 옆에서 러시아 요새를 살펴보고 있었다.

그는 포격을 보며 크게 놀랐다.

"대단하군요. 크기가 작은 박격포의 위력이 저토록 놀라울 줄 몰랐습니다."

유병호도 동조했다.

"우리도 실전 사용은 처음인데, 박격포탄의 파괴력이 상당하군요."

"그러게 말입니다. 러시아 요새는 곰과 같은 대형 짐승을 막기 위해 목제 방책을 상당히 견고하게 만듭니다. 그런 요새를 박격포가 공격하니 견고한 방책이 무용지물이 되네요."

유병호가 설명했다.

"잘 보셨습니다. 박격포는 보시는 대로 곡사화기입니다. 곡사화기는 저렇게 성책이 견고한 요새를 공격할 때 아주 유용하답니다. 물론 높은 망루도 별다른 도움이 되지 않고요."

"그러네요."

유병호가 무언가를 발견했다.

"그러고 보니 러시아 요새에 대포와 같은 중화기가 없군
요."

알렉세이 이바노프가 웃었다.

"하하하! 당연하지요. 이 시베리아에서 러시아를 무력으
로 공격할 세력은 없으니까요."

"원주민들이 있지 않습니까?"

알렉세이 이바노프가 고개를 저었다.

"그들은 문제가 되지 않습니다."

"모든 원주민이 굴복했다는 말입니까?"

"그렇습니다. 초기에는 반발이 상당했습니다. 그 바람에
개척을 하는 우리 카자크들은 수시로 전투를 치러야 했고요.
그러나 아무리 난폭한 원주민들도 일정한 시기가 지나면 저
항을 포기합니다."

"전부 무력으로 굴복을 시켰다는 말입니까?"

"그렇지 않습니다. 무력으로 굴복을 시키려 했다면 원주
민들은 끝까지 저항했을 겁니다."

"그러면 원주민들을 굴복시키는 묘책이 따로 있단 말입니
까?"

"묘책이라면 묘책이지요. 러시아의 정책은 원주민과의 공

존입니다."

유병호가 고개를 갸웃했다.

"공존이 묘책이라고요?"

"그렇습니다. 지난번에도 말씀드렸지만, 러시아는 원주민이라고 해서 차별하지 않습니다. 그래서 처음에는 저항이 심하던 원주민들도 이내 고개를 숙이지요. 러시아는 그러면서 원주민들의 부족한 문제를 해결해 주면서 확실히 장악해 나갔고요."

"부족한 문제라면, 생필품 공급으로 원주민들의 목줄을 잡았다는 말이군요."

알렉세이 이바노프가 웃었다.

"하하하! 맞습니다. 북방은 모든 게 부족합니다. 그래서 러시아 징세관이 오는 시기가 되면 원주민들은 며칠을 달려 요새로 온답니다. 생필품도 구하고 세금도 내려고요."

"생필품을 구하기 위해 어쩔 수 없이 세금을 내야 한다는 말이군요."

"그렇습니다. 시베리아는 상상 이상으로 넓습니다. 그런 시베리아를 징세관이 일일이 다니며 세금을 받을 수 없으니까요. 그래서 저 요새는 원주민들에게는 애환이 많이 서린 장소이지요."

"으음! 그렇군요."

"러시아가 시베리아를 장악했다지만, 실제는 점과 선에

의한 장악에 불과하지요."

"점과 선이요?"

"그렇습니다. 시베리아는 척박한 땅입니다. 겨울에는 혹독한 추위와 엄청난 양의 눈이 내리지요. 그러다 봄이 되면 얼었던 땅이 녹으면서 진창이 되고요. 그 바람에 한 달 넘게 통행하기조차도 어렵습니다. 그런 악조건 때문에 드넓은 시베리아를 전부 장악하는 건 불가능합니다. 그저 저들이 만든 길과 요새를 통해 시베리아를 통제할 뿐이지요."

"점과 선에 의한 장악이라니, 절묘한 표현이네요."

"예. 그래서 요새들이 갈려 나가면 러시아는 큰 곤욕을 치를 수밖에 없는 구조입니다."

"그러면 원주민들도 고통을 받게 되지 않겠습니까?"

알렉세이 이바노프가 무슨 말을 하느냐는 표정으로 바라봤다. 그런 시선을 받은 유병호가 갑자기 탄성을 터트렸다.

"아! 그렇군요. 그 틈을 우리가 비집고 들어가면 되겠군요."

"예. 당연히 그렇게 해야 합니다. 이번 겨울 내내 북방을 교란하면 아마도 몇십 개의 요새는 박살 낼 수 있을 겁니다. 그렇게 되면 러시아의 시베리아 통치는 단번에 흔들릴 거고요. 그런 틈을 조선은 무조건 활용해야 합니다."

유병호가 우려했다.

"우리는 대업 이전까지 정체가 드러나지 않아야 합니다.

그러나 원주민과 교류하게 되면 우리가 조심한다고 해도 러시아가 상황을 파악하게 되지 않겠습니까?"

알렉세이도 인정했다.

"그럴 수도 있겠지요. 그러나 러시아가 안다고 해도 당장은 대응을 못 할 겁니다. 우리가 없는 이상 병력을 쉽게 파병할 수 없으니까요."

"러시아군은 겨울에도 강하다고 하던데, 아닌가요?"

"다른 나라에 비해 강하기는 합니다. 그러나 시베리아는 겨울뿐 아니라 여름도 경험이 없는 사람이 쉽게 나다닐 수 없는 곳이지요. 그래서 징세관도 요새에서 요새를 이동할 때는 항상 원주민이나 우리 카자크의 도움을 받습니다."

"그렇군요. 그런데 카자크들은 겨울에도 사냥을 다닌다면서요?"

"우리도 그렇지만 원주민들은 겨울에 사냥을 합니다. 겨울에는 사람도 이동이 어렵지만 짐승도 마찬가지거든요. 특히 질 좋은 모피를 얻기 위해서는 겨울 사냥은 필수이지요."

알렉세이 이바노프가 유병호의 옷을 가리켰다.

"그 대신 단단히 차려입어야 하고요."

"아하하!"

카자크 마을에 도착한 북방여단은 카자크들이 만든 가죽옷으로 전부 바꿔 입었다. 추위에 대비하고 러시아의 눈을 속이기 위해서였다. 그렇게 바뀐 옷과 털모자를 쓴 탓에 외양은 카자크와 똑같았다.

이때였다.

요새에서 사람이 탄 몇 필의 말이 뛰쳐나왔다. 그러나 그 말은 얼마 가지 못했다.

탕! 탕! 탕!

대기하고 있던 북방여단의 저격병에 의해 모조리 쓰러졌다. 말에 타고 있던 사람 중 하나는 거꾸러지는 말에서 용케 뛰어내렸다.

그런 그도 몇 발짝 뛰지 못했다.

탕!

이후 몇 번이나 같은 상황이 연출되었으나 결과는 달라지지 않았다.

포격을 당하던 요새에서는 불길이 치솟았다. 그렇게 치솟은 불길은 이내 온 요새를 뒤덮었다.

유병호가 손을 들었다.

"부관! 포격을 중지시켜라."

"예, 알겠습니다."

부관이 처음과 다른 깃발을 들어서 흔들었다. 그러자 규칙적으로 퍼부어지던 포격이 뚝 끊겼다.

알렉세이 이바노프가 나섰다.

"우리 병력을 보내겠습니다."

"조금 더 있다 움직이지요?"

"아닙니다. 우리가 먼저 움직여야 숨어 있는 자들이 나설 겁니다. 북방여단이 그런 자들의 저격을 맡아 주시면 됩니다."

"그 점은 걱정하지 않아도 됩니다."

알렉세이 이바노프가 말고삐를 잡았다.

"가자! 하!"

그가 움직이자 대기하고 있던 카자크들이 뒤를 따랐다. 처음에는 완보로 움직이던 카자크들은 이내 속도를 높였다.

"달려라!"

휘익!

카자크들이 휘파람 소리와 함께 박차를 가했다. 그들이 탄 말의 속도가 갑자기 빨라졌다.

두! 두! 두! 두!

카자크들이 거침없이 질주했다.

알렉세이 이바노프의 예상대로 요새에서 러시아인들이 속속 머리를 들었다. 그런 러시아인들을 북방여단 저격병이 놓치지 않았다.

탕! 탕! 탕!

달리는 카자크 부족의 뒤에서 몇 번의 총격이 울렸다. 거침없이 질주하던 카자크들은 요새로 뛰어들었다.

탕! 탕! 탕!

카자크가 요새로 들어가고 수십 발의 총격이 들려왔다. 그러나 그런 총격은 이내 들리지 않았다.

잠시 후.

카자크 병사가 팔을 흔들었다.

그것을 본 유병호가 소리쳤다.

"우리도 진격한다. 가자!"

대기하던 북방여단 병력이 달려갔다.

교란작전은 이렇게 시작되었다.

❀

찬 바람이 불기 시작한 10월 하순.

여의도의 상무사로 몇십 명이 모여들었다. 이들은 전국에서 모은 사람들로 10대 후반부터 30대 초반까지 나이대도 다양했다.

세자는 박종보와 2층 집무실에 있었다.

"오늘 모이는 인원이 얼마라고 했지요?"

"모두 쉰 명으로, 조선은행 각 지점과 전국 상단과 공장에서 추천받은 사람들입니다."

"은행원이 아닌 외부 사람들도 금융 지식은 충분하겠지요."

"물론입니다. 일부러 은행거래의 경험이 많은 사람들로만 추천하라고 했습니다."

김 내관이 들어와서 고했다.

"저하. 인원이 모두 모였사옵니다."

세자가 자리에서 일어났다.

"내려갑시다."

세자가 1층의 강당으로 들어갔다.

강당에는 전국에서 모인 쉰 명과 상무사 직원 이십여 명이 대기하고 있었다. 그런 사람들은 세자가 들어오자 일제히 몸을 숙였다.

"세자 저하를 뵙습니다."

세자가 단상 의자에 앉았다. 이어서 박종보와 몇 사람이 자리하자 상무사 직원이 소리쳤다.

"모두 몸을 바로 하시오."

참석자들이 자세를 세웠다.

"지금부터 금융업 발전을 위한 직무 교육을 진행하겠습니다. 먼저 세자 저하의 말씀이 있겠습니다."

세자가 일어나 앞으로 나갔다.

"차려, 경례."

"안녕하십니까?"

세자도 답례했다.

"여러분도 먼 길 오느라 고생이 많았습니다."

세자가 참석자를 죽 둘러봤다.

그런 세자의 눈길을 받은 사람들은 하나같이 목례했다. 그러나 이전처럼 황급히 몸을 숙이지 않았다. 예절도 간소화되었지만, 참석자들의 내공도 그만큼 단단해졌다는 의미였다.

그런 참석자들의 모습에 세자는 흐뭇했다.

"이번에 여러분을 모신 까닭은 본격적으로 민간은행 설립을 준비하기 위해서입니다."

설명이 시작되자 뒤편에 괘도가 펼쳐졌다.

세자가 지휘봉을 들고 괘도로 다가갔다.

"조선은행이 설립되고 6년이 지났습니다. 조선은행이 설립되기 전에는 많은 사람이 우려를 했습니다. 과연 조선은행이 제 역할을 할 수 있을까 해서였지요. 그러나 결과는 놀라웠습니다."

세자가 괘도를 짚었다.

"조선은행이 발행하는 화폐는 기존의 상평통보를 완벽하게 대체했습니다. 그리고 은행이 안전하다는 사실이 알려지면서 유력 가문이 보관해 오던 막대한 재화가 은행으로 몰렸습니다. 덕분에 조선은행의 수신고는 폭증하게 되었고요."

조선은행 직원들이 일제히 고개를 끄덕였다.

"선순환도 일어나게 되었지요. 그동안 시중의 금리는 너무 높았습니다. 그래서 자본이 부족한 상인들은 늘 골머리를 앓아야 했고, 백성들은 고리채에 신음해 왔지요. 그런 악순환이 은행이 설립되면서 확연히 줄어들었습니다."

이번에는 상인들이 고개를 끄덕였다.

"조선은행에 자본이 모이면서 나라는 기간시설 건설에 더한층 주력할 수 있게 되었습니다. 그 바람에 상무사가 전담하던 자금 투자가 줄 정도로 나라의 개혁은 더한층 탄력을 받고 있습니다. 그렇게 은행이 설립되면서 우리 조선의 경제는 놀랍도록 빠르게 발전하고 있습니다. 아울러 군사력 증강에도 더한층 힘을 쏟을 수 있게 되었고요."

이 말에 모두가 고개를 끄덕였다.

세자는 괘도를 적절히 활용했다.

그런 괘도에는 지난 몇 년간의 각종 지표가 도면으로 표시되어 있었다. 참석자들은 이런 세자의 설명에 완전히 몰입되어 있었다.

"유럽에는 몇백 년 전부터 은행이 설립되어 운영되고 있습니다. 제대로 된 은행의 시작은 피렌체의 명문가인 메디치 가문의 은행이었지요. 메디치 가문은 은행의 성공으로 유럽 최고의 명문이 되었지요. 백여 년 후 네덜란드에서도 은행이 설립되었으며, 네덜란드동인도회사가 탄생할 수 있었던 배경도 금융제도 확립에서 기인했지요. 이후 유럽 각국에는 다투어 중앙은행과 시중은행이 설립되었습니다. 그렇게 모인 자금들은 각국의 국가 발전의 원동력이 되었고요. 그런데 특이한 점은 유럽의 금융업에 종사하는 사람들이 대부분 유대인이란 겁니다."

누군가 질문했다.

"저하! 왜 유대인이 독점하는 현상이 일어난 것인지 궁금하옵니다."

세자가 괘도를 넘겼다.

놀랍게도 괘도에는 구약성경 중 모세5경의 마지막인 신명기의 구절이 적혀 있었다.

"이 글은 서양 종교인 기독교 구약성경의 《신명기》에 나오는 구절입니다."

참석자들이 술렁였다.

조선은 아직 천주교를 공인하지 않았다. 그런데도 세자가 성서 구절을 공식 석상에서 인용했다.

세자가 웃으며 설명했다.

"너무 반응이 과하네요. 걱정 마세요. 우리는 서학을 공부하려는 게 아니라 사실을 확인하려는 것뿐이니까요."

세자의 말에 긴장감이 일순 풀어졌다.

"대부분의 서양인이 믿는 종교는 천주교와 기독교이지요. 두 종교는 같은 줄기여서 여기서는 기독교로 통일합니다. 그런 기독교와 유대인의 유대교는 같은 구약성경을 믿지요."

세자가 괘도를 짚었다.

"그런 두 종교는 지금 보는 신명기 구절의 해석 차이로 금융을 대하는 태도를 달리합니다. 기독교에서는 같은 기독교인끼리 돈을 빌려주고 이자를 받은 일을 금기시합니다. 그런데 서양인의 대부분은 기독교를 믿어요. 이러면 어떻게 되겠습니까?"

"돈거래를 할 수 없습니다."

"예, 맞아요. 사람이 살다 보면 금전 거래를 하지 않을 수 없어요. 그런데 종교에서 금전 거래를 금기시켰으니 문제가 생긴 겁니다. 그런 문제를 유대인 덕분에 해결할 수 있었던 것이고요."

세자가 다시 괘도를 짚었다.

"유대인은 이 성서의 구절을 기독교와 달리 해석하고 있지요. 다른 민족에게 돈을 빌려주면 이자를 받을 수 있다고 말입니다. 이런 성서 해석의 차이로 유럽에서는 오래도록 유대인만이 금융업을 할 수 있었지요."

은행원 중 하나가 질문했다.

"지금은 달라졌사옵니까?"

세자가 고개를 저었다.

"아쉽지만 유럽 금융은 지금도 유대인이 장악하고 있습니다. 물론 메디치 가문의 경우는 예외이고요. 그리고 종교색이 옅은 네덜란드를 중심으로 조금씩 바뀌고는 있지요. 그러나 아직은 대부분이 유대인입니다."

세자가 괘도를 넘겼다.

괘도에는 한 가문의 이름이 적혀 있었다.

"오늘 여러분에게 유럽에서 금융업을 하는 한 가문을 소개하려고 합니다. 우선 이 가문을 소개하기 전에 유럽에서 유대인의 지위에 대해 알아 둘 필요가 있습니다. 기독교인들은 유대인들을 '예수를 죽인 민족'이란 이유로 증오하고 멸시합니다. 그래서 얼마 전까지도 게토(Ghetto)라는 집단 거주 지역에서만 살도록 통제했지요. 그러면서 직업도 제한해서 유대인들은 금융업에 종사할 수밖에 없었답니다."

누군가 질문했다.

"어쩔 수 없이 금융업을 선택했다고 봐야겠습니다."

"그렇지요. 그 바람에 유대인은 악덕 고리대금업자라는 악명을 쓰고 살아야 했지요. 그래서 유럽의 많은 소설에서 유대인이 악덕 고리대금업자로 등장하고는 했습니다. 그런데 그러한 족쇄가 지금은 전화위복이 되었지요."

세자가 괘도를 짚었다.

"이 가문은 독일 출신으로 독일어로는 로트실트, 프랑스어로는 로쉴드, 그리고 영어로는 로스차일드 가문이라고 합니다. 오늘은 이중 영어 이름을 쓸 것입니다."

누군가 손을 들었다.

"구태여 여러 나라 이름으로 열거하신 의미가 있사옵니까?"

"당연히 이유가 있지요. 로스차일드 가문은 본래 프랑크푸르트의 작은 상인 가문에 지나지 않았지요. 물론 게토에서 거주해야 했고요. 그러던 로스차일드 가문은 헤센 백작 가문의 재산 관리인이 되면서 이름을 세상에 알리게 됩니다. 헤센 가문은 방백으로, 작위는 백작이지만 오랫동안 백국을 통치해 온 가문이지요."

"백국의 군주라는 말씀이옵니까?"

"맞아요. 그런 헤센 가문은 강력한 군사력을 보유한 것으로 유명하지요. 그래서 주변 국가에 군대를 임대해 주면서 막대한 부를 축적해 왔습니다. 이런 헤센 가문 병력이 가장 큰 활약한 전쟁이 미국 독립전쟁이지요."

"미국의 독립전쟁에까지 참전했단 말씀이옵니까?"

"그래요. 섬나라인 영국은 전통적으로 육군이 약합니다. 그래서 미국이 독립하려 하자 병력이 부족한 영국은 프로이센 일대에서 병력을 임대했는데, 그 병력의 절반이 헤센 백국이었습니다."

누군가 다시 질문했다.

"막대한 이익을 벌어들였겠습니다."

이런 질문에 세자는 바로 대답했다.

"물론이지요. 그렇게 벌어들인 이익을 재산 관리인인 마이어 로스차일드는 단 한 푼도 손을 대지 않고 철저하게 관리했답니다. 그런 마이어의 청렴을 높이 산 헤센 백작은 투자를 전격적으로 일임했고요. 그런 마이어의 아들은 다섯으로, 아버지의 뜻을 받들어 영국, 프랑스, 오스트리아, 이탈리아로 각각 분가해 나갑니다."

세자가 강조했다.

"여러분은 이 가문을 주시할 필요가 있습니다. 지금까지 유럽 금융을 유대인이 장악한 건 맞습니다. 그러나 앞으로는 이 가문이 유럽 금융의 상당 부분을 장악할 가능성이 높습니다."

박종보가 고개를 갸웃했다.

"저하의 말씀대로라면 로스차일드 가문은 프로이센 지역의 헤센 백국 재산 관리인에 불과합니다. 자신의 자본도 없는 그런 가문을 구태여 주목할 필요가 있겠습니까?"

"지금의 유럽은 전쟁 중이지요. 전쟁은 영웅도 탄생시키지만, 거상(巨商)도 만들어 냅니다. 마이어 로스차일드와 그의 아들들은 분명 이번 전쟁을 통해 막대한 부를 축적하게 될 겁니다. 그렇게 성장한 본가와 분가들은 짧은 시간에 유럽의 금융을 장악하게 될 것이고요."

"놀랍군요. 동시에 한 가문이 번성하기가 결코 쉽지 않습니다. 그런데 저하께서 이런 확신을 한다는 말씀은 그만큼 마이어 로스차일드와 그의 다섯 아들의 능력이 출중하다는 말이로군요."

"그래요. 한 가문이 동시에 각국에서 급격히 성장하는 경우는 유례가 없어요. 그런데 그게 유대 가문이어서 더 의미가 있다는 거예요. 유대인은 핍박을 받아 온 세월이 아주 오래되어서 결속력도 그만큼 강합니다. 그런데 같은 가문이라면 더 말해 무엇하겠습니까?"

"그들을 상대하려면 다섯 형제 전부를 상대하는 거나 마찬가지라는 말씀이군요."

"그렇습니다. 그래서 주목할 필요가 있다는 말을 한 겁니다."

누군가 손을 들었다.

"저하! 그런 가문이 성세를 구가하면 본국의 발전에 발목을 잡을 수 있지 않겠습니까?"

세자가 질문의 의미를 이해했다.

"화근을 미연에 제거하라는 말인가요?"

"소인은 가능하면 그렇게 하는 게 좋다고 생각되옵니다."

세자가 고개를 저었다.

"그렇게 할 필요는 없어요. 금융은 칼로 싸우는 게 아닙니다. 능력으로 맞싸워야 하며, 독점보다는 경쟁이 있는 게 좋아요. 때로는 적보다 못한 상대와도 과감히 합작할 수 있어야 하고요."

"저하께서는 로스차일드 가문과 합작하시려는 것이옵니까?"

"그래요, 합작. 로스차일드 가문은 유럽 정세를 좌우할 정도로 성장할 겁니다. 그런 로스차일드 가문과 손을 잡는다면 우리의 유럽 진출에 큰 도움이 될 것입니다."

"그런데 그들이 동양 국가인 우리와 손을 잡으려고 하겠습니까? 그리고 우리나라가 저들과 손을 잡는다면 격에도 맞지 않는 일이 아니옵니까?"

세자가 웃으며 설명했다.

"하하! 그렇게 생각할 수도 있겠네요. 아무리 저들이 잘될 걸 예상해도 나라가 일개 가문과 손을 잡을 수는 없겠지요."

이 말에 모두가 고개를 끄덕였다.

"그러나 걱정 마세요. 우리에게는 상무사가 있잖아요. 나는 화란양행의 협조를 받아 상무사 명의로 이미 많은 금액을 로스차일드 가문에 투자해 두었습니다. 아마도 그렇게 투자된 자금은 이번 전쟁에 투입되어 톡톡한 이익을 얻게 될 겁니다."

곳곳에서 탄성이 터졌다.

"대단하시옵니다. 저하께서는 유럽에서 전쟁이 터질 것을 예상하셨나 보옵니다."

"물론입니다. 유럽은 20여 년 전부터 격변하고 있었어요. 그런 와중에 크고 작은 전쟁이 숱하게 발생했고요. 그런 격변의 대미가 이번에 벌어진 나폴레옹전쟁이라고 해도 과언이 아니에요."

다른 누군가 질문했다.

"저하께서는 이번 전쟁이 얼마나 오랫동안 진행된다고 보시는지요?"

"음! 최소한 10년 이상 진행될 겁니다. 그리고 우리가 변수가 되면 아마도 20년까지도 이어질 것이고요."

박종보가 놀라 질문했다.

"저하! 우리가 유럽 전쟁의 변수가 될 수가 있사옵니까?"

"물론이지요. 금년부터 북방 교란작전이 실시됩니다. 그 대상이 러시아와 청국이고요. 그런데 러시아는 나폴레옹전쟁 승패의 아주 중요한 위치를 점하고 있는 나라입니다. 그런데 러시아의 뒷마당인 시베리아가 뒤흔들리면 그들은 아주 곤혹스러울 겁니다. 그리고 우리가 개발한 통조림도 이번 전쟁에서 아주 큰 역할을 하게 될 것이고요."

잠시 장내가 술렁였다.

세자는 참석자들이 진정될 때까지 기다렸다가 말을 이었다.

"유럽의 전쟁이 길어질수록 우리에게는 좋습니다. 우리 조선이 국력 신장을 할 기회가 그만큼 더 많아질 테니까요."

여기까지 말을 한 세자가 말을 돌렸다.

"자! 이번에는 우리의 사정입니다. 모두 알겠지만, 지금까지 우리나라는 철저한 신분제 사회였습니다. 그래서 상업을 가장 천시했으며 돈에 대한 관념도 아직 좋지 않았습니다. 그로 인해 화폐경제가 발전하지 못하면서, 우리는 다른 나라에 비해 경제발전이 극히 더뎠었지요."

상인 중 누군가가 불만을 토로했다.

"맞습니다. 요즘도 일부 고지식한 양반들은 돈을 만지려고도 하지 않습니다."

세자가 놀랐다.

"아직도 그런 사람이 있어요?"

그러자 곳곳에서 비슷한 말이 터져 나왔다.

그들의 불만을 듣던 세자가 고개를 저었다.

"어리석은 사람들이네요. 나라에서 교육과 홍보를 꾸준히 시행하고 있는데 아직도 고루한 타성에서 벗어나지 못하고 있다니요."

한동안 고개를 젓던 세자가 말을 이었다.

"알겠습니다. 백성들에 대한 금융 교육을 좀 더 강화하도록 조치하지요."

세자가 다시 괘도를 넘겼다.

"경제가 발전할수록 금융이 시장을 지배하게 됩니다. 왜 이렇게 되는지는 설명하지 않아도 여러분들은 잘 알 겁니다."

세자가 참석자를 바라봤다.

그러자 참석자들이 동시에 고개를 끄덕였다. 그 모습을 본 세자가 흐뭇한 미소를 지었다.

"역시 금융을 아는 분들이라 다르군요. 그렇습니다. 지금의 유럽이 발전하게 된 가장 큰 원인 중 하나가 금융 때문입니다. 유럽은 오래전부터 자본 확충을 위해 은행을 적극 활용해 왔습니다. 물론 주주들이 출자한 주식회사도 나름의 역할을 하고 있지요. 그러나 그런 회사도 성장을 위해서는 금융을 이용할 수밖에 없습니다. 그러지 않으면 주주들이 지속

적으로 투자를 해야 하는데, 그렇게 할 능력이 있는 주주들
은 많지 않지요."

세자는 금융의 중요성에 대해 역설했다.

그렇게 설명하던 세자가 다음 괘도를 넘겼다.

투자은행/무역은행/상업은행

"오늘은 여러분께 이 세 은행에 대해 설명하려고 합니다.
먼저 투자은행입니다. 투자은행은 말 그대로 투자를 전문으
로 하는 은행을 말합니다. 투자은행은 장기적으로 자금을 조
달해서 기업이나 산업 시설에 투자해 이익을 거둡니다. 그리
고 국가에서 발행하는 국채나 기업의 회사채도 매입해서 안
정적인 수익을 추구합니다."

누군가 손을 들었다.

"조선은행과는 무엇이 다릅니까?"

"조선은행은 중앙은행이며 발권은행이지요. 지금은 일반
백성들의 예금을 받지만, 앞으로 소매 금융은 새로 설립되는
조선상업은행으로 업무를 이관하게 될 겁니다."

장내가 잠시 술렁였다.

세자가 설명을 이어 갔다.

"조선상업은행은 상무사가 설립을 주도합니다. 그리고 조
선상업은행의 발족과 때를 같이해 일정 요건이 되면 민간은

개혁군주

행설립을 허용할 계획입니다."

조금 전보다 더 크게 술렁였다.

지금까지 세자는 조선은행의 정착을 위해 민간은행 설립을 제한해 왔었다. 그런 제한을 푼다는 말에 참석자들이 크게 놀란 것이다.

"은행은 문제가 되었을 때 피해가 엄청나게 큽니다. 그래서 최소한의 지급준비금을 비축해 두어야 하며 수시로 감독을 받아야 합니다. 왜 그래야 하는지는 여러분들이 더 잘 알 것입니다."

이때 상인 중 한 명이 손을 번쩍 들었다.

"저하! 송상의 대표로 온 박가 지원이라고 하옵니다. 저하의 설명을 잘 들었습니다. 그런데 무역은행을 별도로 설립하시려는 까닭은 아직 설명해 주지 않으셨사옵니다."

"하하! 그러네요. 알겠습니다. 지금부터 무역은행에 대해 설명하지요."

세자가 무역은화를 꺼냈다.

"여러분은 우리가 지속적으로 멕시코은화를 우리의 무역은화로 교체해 왔다는 사실을 압니까?"

대부분이 알고 있다고 대답했다. 그 대답에 세자가 흡족해했다.

"고마운 일이네요. 이렇듯 많은 분이 무역과 무역은화의 중요성을 잘 알고 있을 줄 몰랐네요."

세자가 괘도에 그려진 지도를 짚었다.

이때부터 무역은행의 역할에 대해 설명했다. 조선의 상황을 곁들인 설명이 한동안 이어졌다.

"……상무사는 지금처럼 다양한 물건을 개발해 나갈 것입니다. 그러니 각 상단은 무역은행을 최대한 활용해 대외 교역에 나서면 됩니다."

상단의 박지원이 손을 들었다.

"저하! 우리 같은 민간 회사가 무역을 시작할 수 있는 시기는 언제로 보면 되옵니까?"

"얼마 남지 않았어요. 상무사의 무역 특허권은 북벌이 완수되는 것을 기점으로 전격적으로 소멸시키려고 합니다. 그러니 그 이후부터 누구라도 무역 활동을 영위할 수 있습니다."

상인들이 크게 술렁였다.

"일반 상단이 본격적인 무역을 하기 위해서는 개항부터 해야 하지 않겠사옵니까?"

"물론입니다. 여러분들이 대외 교역을 시작할 즈음에는 우리도 개항하게 될 겁니다."

장내가 더 크게 술렁였다.

세자가 손을 들어 분명하게 밝혔다.

"아! 그리고, 고토가 수복되고 군사작전이 완료되었다고 해서 북벌이 끝난 건 아닙니다. 북벌의 완수는 적어도 우리가 수복한 강역을 평정하고 난 이후임을 분명히 알아주었으면 합니다."

"그러려면 시간이 너무 길어지지 않겠는지요."

"그렇게 되지 않기 위해 여러분들이 적극 도와주세요. 그러면 그에 대한 포상으로 상무사 제품의 일부 기술도 넘겨줄 예정입니다."

장내가 한 번 더 술렁였다.

참석자들은 세자가 약속한 포상이 얼마나 큰 가치를 지니고 있는지 잘 알고 있었다. 그랬기에 거기에 대해 의견을 나누느라 잠시 시끄러웠다.

세자는 그런 참석자들을 바라보며 격세지감을 느꼈다.

개혁을 처음 시작할 때는 대부분의 사람에게서 생동감을 느낄 수 없었다.

그런데 지금은 아니었다.

참석자들은 하나같이 열정으로 가득했다. 그런 열정은 조금의 변화에도 열렬히 반응했다.

'바로 이거야. 세상을 바꾸기 위한 사람들은 이렇게 생동감이 넘쳐야 하는 거야. 이런 열정이 가득한 사람들이라면 이제부터 본격적으로 시작하는 금융업을 훌륭하게 발전시킬 수 있을 거야.'

세자는 한동안 단상에 서 있었다.

이날의 교육은 정신교육이었다. 교육을 마친 참석자들은

상무사가 마련한 숙소에서 머물렀다.

❁

　다음 날부터 본격적인 금융 교육이 시작되었다. 그렇게 시
작된 금융 교육은 한 달간 실시되었다.
　민간 상업은행과 투자은행, 그리고 무역은행 설립을 위해
모인 인재들이었다. 이들은 은행이 어떤 역할을 하는지 충분
히 경험한 사람들이었다.
　이들은 자신들이 선택받았다는 자신감이 충만했다. 그래
서 매사에 긍정적이었으며 교육에도 열정적으로 참여했다.
　세자는 수시로 여의도를 찾았다.
　그리고 수시로 수업에 참여해 참석자들과 교류했다. 이럴
때마다 경제발전을 위해 금융업이 발전해야 한다고 역설했
다.
　기술개발도 중요하다는 말을 잊지는 않았다. 그러나 민간
의 기술개발을 위해서는 금융기관의 적극적인 지원이 있어
야 한다는 점을 강조했다.

❁

　해가 바뀌었다.

1805년 1월 1일.

조선상업은행이 출범했다.

상업은행은 처음으로 민간 자본의 참여를 허용했다. 이미
은행이 어떤 역할을 하는지 모르는 사람이 없어졌다.

더구나 상무사가 대주주로 참여하는 조선상업은행이었다.
그 바람에 엄청난 자본이 몰려들면서 자본금 모집이 불과 하
루 만에 끝났다.

열풍은 여기서 끝나지 않았다.

세자는 다른 상업은행 설립도 적극 권장했다. 이런 세자의
노력 덕분에 무려 다섯 개의 상업은행이 설립되었다.

그야말로 은행 열풍이었다.

3월. 투자은행과 무역은행이 설립되었다.

무역은행은 당연히 무역을 지원하기 위해 설립되었다. 아
직까지는 상무사가 무역 특허권을 보유하고 있어서, 상무사
와 북경 무역을 대행하는 만상만이 이용할 수 있었다.

그러나 투자은행은 민간이 주도하며, 투자에 대한 수익은
장기적이다. 반면에 투자금 손실도 발생할 수 있는 위험이
따른다.

세자는 투자은행을 활성화시킬 생각을 갖고 있었다. 드넓
은 국토를 개발하기 위해서는 투자은행의 역할이 중요하다
는 판단 때문이었다.

세자는 국왕의 윤허를 받아 내수사 자금을 투입해 투자은

행을 설립했다. 이렇게 설립된 투자은행에 시중의 자금이 몰리는 건 너무도 당연했다.

이처럼 조선이 은행 설립 열풍으로 겨울을 녹이고 있을 때, 북방은 카자크와 북방여단의 활약으로 완전히 뒤집어졌다.

개혁군주

교란작전의 여파

북방에 대한 보고를 받던 청나라 가경제가 대노했다. 황제는 분노를 참지 못하고 탁자를 주먹으로 내리쳤다.

쾅!

"지금 무슨 말을 하는 거요? 북만주와 몽골의 변경 요새가 아라사의 공격을 받다니. 그것도 한두 곳이 아니라 수십 곳이라니! 이게 대체 말이 되는 소리요?"

아라사(俄羅斯)는 러시아의 한어 음역이다.

의정대신 기륭(基隆)이 목을 움츠렸다.

"아라사가 워낙 은밀히 기동하는 바람에 상황 파악이 늦어졌다고 하옵니다."

분노한 가경제가 장계를 집어 던졌다.

"무엇이 어쩌고 어째? 지금 그걸 변명이라고 하는 거요? 변경 요새는 지속적으로 연락을 주고받기로 되어 있었던 것 아니오?"

"그렇기는 하옵니다."

"그런데 어떻게 겨우내 일어난 일을 3월이 되어서야 알아챘단 말이오?"

내각대학사인 육목희(毓木犧)가 나섰다.

"폐하! 아뢰옵기 송구하오나 북방의 평화가 너무 오래 지속된 것이 화근으로 보이옵니다."

가경제의 입에서 한숨이 터졌다.

"하아! 어떻게 생각지도 않은 곳에서 이런 일이 일어날 수 있단 말인가? 가뜩이나 사교의 반란으로 강남이 어지러운 이때 북방까지 문제가 되다니. 참으로 통탄할 노릇이구나."

"황공하옵니다!"

쾅!

"그런 쓸데없이 입에 발린 말만 하지 말고 대책을 내놔 보시오!"

의정대신이 나섰다.

"폐하! 장수가 경계에 실패했다는 사실은 어떤 변명으로도 용서받을 수 없사옵니다. 외몽골의 오리아소 대장군과 북만주의 흑룡강 장군을 경사로 불러들여 죄를 물어야 하옵니다."

가경제가 즉석에서 승인했다.

"그렇다. 여봐라! 도찰원(都察院)의 좌도어사(左都御使)는 어사를 파견해 오리아소 대장군과 흑룡강 장군을 당장 압송해 오도록 하라."

청국 조정이 순식간에 얼어붙었다.

도찰원은 조선의 사헌부와 같다. 도찰원의 주요 임무는 조정 관리에 대한 비리 색출을 전담한다.

그런데 도찰원이 어사를 파견해 오대장군을, 그것도 두 명이라 압송한 경우는 없었다. 더구나 변방의 병권을 장악하고 있는 장수를 압송하라는 명은 자칫 더 많은 문제를 불러일으킬 수 있었다.

영시위내대신이 급히 몸을 숙였다.

"폐하! 두 장군의 죄가 중하기는 하옵니다. 그러나 경계에 실패했을 뿐이지 비리를 저지른 게 아니옵니다. 더구나 지금 같은 시기에 도찰원의 어사를 보내 두 장군을 압송하는 건 문제가 있사옵니다. 황공하오나 그들을 소환하고 나서 죄의 경중을 추궁하시옵소서."

가경제가 불같이 노했다.

"지금 무슨 말을 하는 거요? 한두 곳도 아니고 자그마치 수십 곳이오. 그렇게 많은 요새가 아라사의 침략에 불태워졌소이다. 이런 일이 과연 정상적인 임무를 수행했는데도 일어날 수 있었겠소?"

"그, 그건……."

황제의 눈에서 불이 일었다.

"분명 비리가 있지 않고서야 있을 수 없는 일이오. 그런데 영시위내대신은 어찌 그런 자들을 그냥 소환하란 건의를 하는 것이오?"

영시위내대신이 한껏 몸을 낮췄다.

"폐하의 말씀이 지당하옵니다. 그러나 지금은 어려운 시기입니다. 이러한 시기에 변방의 병권을 쥐고 있는 장군을 압송하면 군의 사기에 큰 문제가 될 수가 있사옵니다. 통촉하여 주시옵소서."

내각대학사도 거들고 나섰다.

"폐하! 영시위내대신의 말씀이 맞사옵니다. 가뜩이나 강남의 전황이 지지부진해 군의 사기가 최악입니다. 이러한 시기에 최고위 무관을 압송한다면 득보다 실이 훨씬 더 많습니다."

대신들이 거듭해서 나섰다.

이렇게 되니 가경제도 분노를 가라앉히며 상황을 다시 파악했다. 그러자 자신의 지시가 문제가 있다는 걸 알고는 한발 물러섰다.

"경들의 말을 들어 보니 압송하는 건 무리가 있겠소. 좋소, 전령을 보내 두 장군을 불러들이도록 하시오."

"현명하신 결정이시옵니다."

지시가 떨어지자 전령이 급히 밖으로 나갔다.

그런 전령을 바라보던 황제가 의문을 제기했다.

"그런데 요새를 파괴한 자들이 아라사라는 걸 어떻게 안 것이오?"

의정대신이 바로 대답했다.

"북방에서 우리 청국과 국경을 다투는 세력은 아라사뿐이옵니다."

영시위내대신도 동조했다.

"그러하옵니다. 무려 스무 곳이 넘는 요새가 파괴되었사옵니다. 요새를 지키던 병력도 몰살당했고요. 그 정도의 무력을 보유한 세력은 북방에서 아라사뿐이옵니다."

황제의 표정이 심각해졌다.

"그래도 이상한 일이오. 아라사는 우리와 니포초(尼布楚)에서 국경 조약을 체결했소이다. 그게 벌써 백 년이 훌쩍 넘었어요. 그 후 한 번 더 조약을 수정한 이래 아라사는 성실히 국경 조약을 준수해 왔었소. 그런 아라사가 무슨 이유로 갑자기 이런 일을 벌이는 것인지 이해가 되지 않소이다."

내각대학사도 의문에 동참했다.

"신도 이상하다는 생각이옵니다. 아무리 생각해도 아라사가 이렇게 무지막지한 짓을 저지를 이유가 없사옵니다."

영시위내대신이 동조했다.

"소장도 내각대학사의 의견에 동의합니다. 광저우 해관을 관리하는 내무부 보고로는, 서양은 지금 전쟁으로 온 대륙이 뒤집혔다고 합니다. 서양 강국인 아라사도 당연히 그런 전쟁의 소용돌이에 휘말려 있을 것이고요. 그런 아라사가 여기까지 탐욕을 부를 여유는 없을 것이옵니다."

의정대신이 고개를 저었다.

"꼭 그렇게 볼 일은 아닙니다."

황제가 눈을 크게 떴다.

"의정대신은 다른 의견이 있는 것이오?"

"파괴된 각각의 요새 규모는 대규모 병력을 동원하지 않아도 될 규모입니다. 말씀드리기 황망하지만, 아라사가 본국의 사정을 교묘히 악용하고 있는듯하옵니다."

"교묘히 악용하다니……. 아! 저들이 백련의 반란으로 어지러운 우리 사정을 악용하고 있다는 말씀이오?"

"신은 그렇게 생각하옵니다. 그렇지 않다면 갑자기 이런 일을 벌일 리가 만무하옵니다."

"으음!"

"안타깝게도 지금 외몽골과 북만주에는 팔기가 없습니다. 더구나 새로 병력을 충당할 여지도 당장은 없는 형편이고요."

황제가 한숨을 내쉬었다.

"후! 그렇지. 모병이 가능하다면 당장 추진해서 강남으로 병력을 보냈겠지."

개혁군주

"예. 그런 어려움 때문에 요새를 지키는 병력도 절반 이상 줄어든 상황입니다. 이런 우리의 사정을 국경을 접한 아라사가 모르지 않을 것이옵니다. 이런 빈틈을 노리고 아라사가 계획적으로 공략한 듯하옵니다."

황제의 안색이 더 심각해졌다.

"아라사가 우리의 약점을 이용해 다시 남진 야욕을 불태우고 있다는 말이오?"

영시위내대신이 반대하고 나섰다.

"아라사가 계획적으로 그런 일을 저질렀다고 보기에는 문제가 있사옵니다. 만일 그럴 의도가 있었다면 아라사는 상당한 병력을 미리부터 이동시켰을 것이옵니다. 그러나 지난 1년여 동안 그런 움직임이 전혀 포착된 적이 없사옵니다."

듣고 보니 일리가 있었다.

황제가 고개를 갸웃했다.

"아라사가 본토 병력을 동원하지 않았다면, 북방에 주둔해 있는 아라사 병력이 국지적으로 문제를 일으켰다는 말이오?"

"그럴 가능성이 큽니다. 하오니 대규모 조사단을 파견해 원인 분석부터 해 봐야 하옵니다."

황제가 의정대신을 바라봤다.

의정대신도 조사에 동조했다.

"영시위내대신의 말씀대로 조사단을 급파해 원인 분석을 먼저 하시옵소서. 대응 방안은 그 후에 마련해도 늦지 않사옵니다."

청국 황제가 결정했다.

"좋소. 조사단을 먼저 파견합시다."

비슷한 상황은 러시아에서도 일어났다.

카자크와 북방여단은 러시아 요새를 더 많이 파괴했다. 그로 인해 러시아는 청나라보다 더 일찍 문제를 인식할 수 있었다. 그래서 이르쿠츠크에 황제의 특사가 나와 있었다.

이르쿠츠크는 본래 카자크의 야영지였다. 그런 이르쿠츠크가 도시로 등록된 것은 1686년이었다.

그 후, 1760년 모스크바로 연결되는 도로가 건설되면서 시베리아 동부의 중심지로 발돋움했다. 그리고 몇십 년이 흐른 지금의 이르쿠츠크는 완연한 도시의 모습을 하고 있었다.

이런 이르쿠츠크시청의 시장집무실은 여느 날과 달리 사람들로 북적였다. 그런 사람 중 화려한 복장을 한 귀족이 중앙에 앉아 있었다.

귀족의 얼굴은 온통 일그러져 있었다.

"이게 대체 어떻게 된 일인가?"

러시아 장교가 바로 대답을 못 했다.

"……면목이 없습니다."

"이보게, 수보로프 중령. 이 일이 말로 해결될 사안이 아니란 건 그대가 더 잘 알고 있잖아. 그런데 차르의 특사인 나에게 그런 말을 하다니. 이르쿠츠크 수비대장이어서 다른 지역 요새 방어에 대한 책임이 없다는 생각을 하는 거야?"

수보로프 중령이 황급히 손을 저었다.

"절대 그렇지 않습니다."

"그런데 왜 이런 무책임한 말을 하는 거지?"

"백작 각하께서 오시기 전 몇 번이고 조사대를 파견했습니다. 그런데도 하나같이 누가 침략을 했는지 알 수 없다는 보고만 합니다."

수보로프 중령이 보고서를 내밀었다.

"지금까지 조사를 벌였지만 누가 공격을 했는지 알아내지 못했습니다. 다만 포격으로 요새를 초토화한 뒤 기병으로 집중 공략해서 전멸시켰다는 정황 정도만 알아냈습니다."

돈스코이 백작이 심각한 표정으로 보고서를 넘겼다. 그러던 그가 질문했다.

"생존자는 정녕 하나도 없는 건가?"

수보로프 중령이 고개를 저었다.

"안타깝게도 없습니다. 모든 요새의 병사와 민간인 모두 사살되었습니다."

"어떤 놈들인지 참으로 악독하구나. 민간인들까지 사살하다니."

수보로프 중령이 슬쩍 지적했다.

"백작 각하! 송구하지만 요새의 민간인들은 대부분 죄수입니다. 자유 시민은 얼마 되지 않습니다."

돈스코이 백작이 버럭 화를 냈다.

"그 정도는 나도 알아. 그리고 죄수라고 해도 민간인은 맞잖아."

수보로프가 항변했다.

"그렇지 않습니다. 죄수들은 우리의 통제를 받으면서 군사훈련을 받은 자들입니다. 그 바람에 실상은 우리 병사들이나 다를 바 없습니다."

백작의 화가 조금은 가라앉았다.

"으음! 중령이 무슨 말을 하는지 모르는 바가 아니야. 지금 내가 화가 난 건 그런 사람들조차도 남김없이 사살되었다는 거야. 분명 포로를 만들어도 되었을 터인데 말이야."

수보로프 중령의 안면이 일그러졌다.

"그렇습니다. 저도 그 점이 이상해서 요새 주변을 샅샅이 수색하라는 지시를 내렸습니다. 그래서 다행히 백작 각하께서 오시기 전에 새로운 정보를 알아냈습니다."

"그게 뭐지?"

"적들이 남쪽과 동쪽에서 왔다는 사실입니다."

돈스코이 백작의 눈이 더없이 커졌다.

"뭐라고! 남쪽과 동쪽? 그러면 청국이 침략했단 말인가?"

중령이 고개를 저었다.

"그건 확실히 모릅니다. 그러나 침입 흔적을 추적한 바로는 남쪽과 동쪽에서 온 것만은 분명한 사실입니다."

쾅!

"남쪽과 동쪽은 청국밖에 없잖아."

"그렇기는 합니다."

"그런데 왜 모른다는 말을 하는 건가?"

수보로프 중령이 상황을 설명했다.

"청나라는 지금 밖으로 눈을 돌릴 처지가 아닙니다. 백작 각하께서 알고 계실지 모르지만, 청국은 내전이 격화되어 온 나라가 북새통입니다. 지금의 전황이라면 자칫 장강 이남을 잃어버릴지도 모르는 지경입니다."

수보로프 백작은 청국 사정을 몰랐다.

그는 청국에 관한 상세한 보고를 요청했다. 그 보고를 듣고서야 크게 고개를 끄덕였다.

"북방에 대해 신경 쓸 겨를이 없겠구나."

"그렇습니다. 그리고 청나라는 이전부터 북방에 관심이 별로 없었습니다. 우리가 그들과 국경 조약을 체결하면서 바이칼 호수 아래 외몽골 지역을 얻을 수 있었던 성과도 다 그 때문이고요."

"청나라가 북방에 관심이 없다? 그러면 그동안 청국과 국경분쟁이 한 번도 없었단 말인가?"

"이 지역에는 없었습니다. 다만 스타노보이산맥과 우다강 지역의 경계가 불분명한 것이 문제로 지적되기는 했습니다. 그러나 그 지역조차도 청나라가 외면한 바람에 카자크들이 아무르강 북부까지 들어가서 자리를 잡고 있고요."

"으음! 귀신이 곡할 노릇이구나. 중령의 설명대로라면 청 나라가 아닐 확률이 높잖아."

"그래도 특사로 오셨으니 청나라 황제를 예방해 보시는 건 어떨는지요?"

돈스코이 백작이 눈을 크게 떴다.

"나보고 직접 청나라 황제를 만나 보라고?"

"예. 그래야만 청나라의 의도를 분명하게 알 수 있지 않겠 습니까?"

"으음!"

고심하던 돈스코이 백작은 결정했다.

"좋아! 그렇게 하자. 여기까지 왔는데 청나라 황제를 만나 보는 것이 좋겠지."

수보로프 중령이 몸을 숙였다.

"바로 전령을 보내도록 하겠습니다."

"아! 잠깐. 나는 차르의 특사야. 그러니 기왕이면 정식 절 차를 갖춰서 통지하도록 해."

"알겠습니다."

잠시 후.

성문이 열리고 전령이 달려 나왔다. 그렇게 성을 나온 전령은 남쪽을 향해 전력으로 질주했다.

🏵

며칠이 지났다.

이르쿠츠크의 성문이 열리고 일단의 행렬이 밖으로 나왔다. 행렬은 청나라를 예방하는 돈스코이 백작과 그의 수행원들이었다.

이르쿠츠크를 나온 이들은 천천히 남하했다. 초원은 장벽이 없어 이들의 행보에는 거침이 없었다.

그러나 쿠룬(庫倫)에서 멈춰야 했다.

쿠룬은 지금의 울란바토르다. 그곳에 오리아소 대장군이 보낸 관리가 대기하고 있었기 때문이다.

러시아 특사를 맞는 청국 관리의 태도가 극히 냉랭했다.

그럴 수밖에 없는 것이 변방 요새 수십 개가 박살 나 있었다. 청국은 그런 피해를 러시아가 입힌 거라고 생각하고 있었다. 그렇지만 증거가 없어 확정은 하지 못하고 있었다.

그런데 러시아 전령의 문서가 화근이었다.

러시아도 그들의 요새를 청나라가 파괴한 것을 판단하고 있었다. 그럼에도 대놓고 추궁하지 않고 상의할 일이 있어서 방문한다고 했다.

일종의 외교적 수사였다.

그런데 이 글귀를 청나라가 곡해했다.

청나라는 러시아가 요새를 파괴한 뒤 영토 협상을 압박한다고 생각했다. 그래서 청국 관리는 러시아 특사를 노골적으로 배척하려 했다.

그러면서 러시아가 받아들이기 어려운 요구를 했다. 황제를 알현하려면 반드시 삼배구고두례를 행해야 한다고 강압한 것이다.

이번에는 러시아가 곡해했다.

돈스코이 백작은 나름대로 예를 갖춰 청국 관리를 대하려 했다. 그러나 청국 관리는 시종일관 받아들이기 어려운 예절을 갖고 물고 늘어졌다.

이런 청국 관리의 태도에 돈스코이 백작은 청나라가 요새를 파괴했다고 단정했다. 이렇듯 오해가 겹치면서 누구도 물러나려 하지 않았다.

며칠 동안 허망한 입씨름이 반복되었으며, 시간이 지날수록 대립만 첨예해져 갔다. 그러다 러시아 특사는 끝내 아무 결말도 없이 돌아갔다.

결렬 소식은 곧바로 북경으로 전달되었다. 그리고 북경의 비원 요원을 통해 세자에게도 전달되었다.

세자가 호탕하게 웃었다.

"하하하! 아주 잘되었구나."

이원수가 몸을 숙였다.

"하례드리옵니다. 저하."

"고마워요, 좌익위. 다른 일은 몰라도 이번 소식은 인사받을 만하네요."

이원수가 감탄했다.

"놀라울 따름입니다. 어떻게 이렇게 절묘한 일이 벌어질 수 있단 말입니까? 이런 결말은 우리가 노력해서 만들려고 해도 쉽지 않사옵니다."

"그러게 말입니다. 생각지도 않은 결과네요. 이 모두가 북방여단과 카자크의 노고 덕분에 가능한 성과예요. 유 여단장께서 고생이 많았습니다."

4월 하순이 되어 땅이 녹으면 북방은 진창이 된다. 그렇게 되면 땅이 굳어질 때까지 말을 타고 활동하기 어렵다.

유병호는 이런 시기를 택해 그동안의 상황을 보고하기 위해 배편으로 내려와 있었다.

유병호가 고개를 숙였다.

"우연이 겹치면 필연이 된다고 하옵니다. 이번과 같은 결말은 저하께서 승인해 주신 교란작전이 그만큼 절묘했다는 의미입니다."

세자가 고개를 저었다.

"그렇지 않아요. 아무리 계획이 좋아도 현장이 중요하니다. 계획을 어떻게 실행하느냐에 따라 결과가 완전히 달라집니다. 이번과 같은 의외의 성과를 얻게 된 것은 전적으로 북방여단과 카자크가 합심해서 만든 최상의 결과입니다. 자랑스러워하셔도 됩니다."

이원수도 거들었다.

"저하의 말씀대로입니다. 우리가 가장 우려했던 결과가 러시아와 청나라가 손을 잡는 경우였습니다. 그런데 이번의 파국으로 우리는 적어도 몇 년의 시간은 벌었습니다. 러시아와 청나라가 전쟁을 벌이는 상황이 될 수도 있고요. 이런 성과는 정말 생각지도 못했습니다."

"좌익위의 말이 맞아요."

유병호도 더 겸양하지 않았다.

"황감하옵니다. 저하의 칭찬을 전해 들으면 우리 장병과 카자크들이 진심으로 기뻐할 것입니다."

"하하하! 예. 말뿐이 아니라 푸짐한 포상까지 준비하라 이르겠습니다."

"감사합니다."

"그런데 의외네요."

"무엇이 말이옵니까?"

"마흔 곳이 넘는 양측의 요새를 파괴한 성과도 놀라운 일인데, 인명 피해도 거의 없다니 말이에요."

"전혀 없지는 않습니다. 우리는 경상자 몇이지만 카자크는 중상자를 포함한 부상자가 이십여 명이나 됩니다."

세자가 펄쩍 뛰었다.

"별말씀을 다 합니다. 그 정도면 대단한 성과지요. 사십여 번의 전투가 벌어졌습니다. 그것도 요새를 공략하는 작전에 그 정도의 인명 피해는 최선의 결과입니다."

유병호가 소감을 밝혔다.

"카자크의 용맹함이 대단했습니다. 요새 공략은 우리가 박격포로 원거리공격을 하면 카자크가 돌격해서 잔적을 섬멸했습니다. 그런데 카자크는 그러한 전투 방식에 대해 조금도 불만을 제기하지 않았습니다. 아니, 선봉에 서서 적과 직접 맞싸우는 걸 즐기기까지 합니다."

"그만큼 개인 간의 전투에 능하다는 말이군요."

"그렇습니다. 백병전이 벌어져도 결코 물러서는 법이 없습니다. 그리고 상대하는 적을 반드시 척살하고요. 개인전이 약한 우리하고는 완전 천양지차입니다."

세자의 얼굴이 굳어졌다.

"지금은 최고의 동료지만 적이었다면 최악의 상대가 되었을 거란 의미네요."

유병호가 고개를 저었다.

"그렇습니다. 만일 카자크가 적이었다면 정말 상대하기 어려운 난적이 되었을 겁니다. 우리의 북방전략에 가장 큰 걸림돌이 되었을 것이고요. 저하께서 저들을 얻은 것은 탁월한 선택이었습니다."

"흙 속의 진주를 찾은 기분이네요. 북방 개척에 도움이 될 거라고 예상은 했어요. 하지만 그 정도로 탁월한 전투력을 보유하고 있을 거라고는 생각하지 못했습니다."

"그러게 말입니다. 그들의 활약 덕분에 금년의 북방 교란 작전은 대성공이었습니다."

"고생하셨어요."

"감사합니다. 그리고 북방에 큰 문제가 발생할 거 같습니다."

"그게 무엇이지요?"

"아무래도 대기근이 들 거 같습니다."

유병호가 심각하게 북방 상황을 보고했다.

"……그와 같은 징조가 보이면 반드시 혹독한 대기근이 발생한다고 합니다. 그 바람에 북방 원주민들이 전전긍긍하고 있습니다."

세자가 크게 고개를 끄덕였다.

"우리에게는 절호의 기회가 될 수 있겠군요."

"그렇습니다. 평상시였다면 러시아가 대기근에 적극 대처했을 것입니다. 그러나 지금의 러시아는 대기근에 대한 대처는 고사하고 파괴된 요새를 새롭게 구축하기에도 벅찬 형편입니다. 땅이 굳으면 우리는 카자크와 적극적인 교란 활동을 실시할 예정입니다. 북방의 위기를 최대한 활용해 대대적인 지원을 한다면 북방 여론을 돌리는 데 큰 도움이 될 것입니다."

세자가 그 자리에서 결정했다.

"알겠습니다. 북방에 대기근이 발생하면 본국도 그 여파가 상당할 것입니다. 그러니 외숙께서는 대월에서 구입하는 양곡의 양을 대폭 늘리세요. 북방 지원을 위해 안남미와 밀도 대량으로 사들이도록 하시고요."

박종보가 고개를 숙였다.

"바로 조치하겠습니다."

세자가 일어났다.

"아바마마께서 이 소식을 들으면 크게 기뻐하실 겁니다. 유 여단장께서도 함께 가시지요."

유병호도 일어났다.

"그렇게 하겠습니다."

편전을 찾은 세자는 북방 상황을 보고했다. 그러면서 러시아와 청국의 협상이 결렬되었다는 보고를 곁들였다.

국왕이 파안대소했다.

"하하하! 우리에게 더없이 좋은 결과로구나. 양국이 서로 체면을 중시하다 최악의 결과를 초래했나 보구나."

"청국의 요구가 일방적이고 무례했습니다. 삼배구고두례는 서양의 어느 나라 특사도 수용하기 어려운 예절입니다."

국왕도 인정했다.

"네 말이 맞다. 명나라의 뒤를 이은 청나라는 자신들이 세상의 중심이라고 생각한다. 그래서 서양과의 외교에서도 자신들의 예절만 고집하는 게 문제야. 어쨌든 그 바람에 우리에게는 더없이 좋은 결과가 발생했구나."

"그러하옵니다."

세자는 대기근의 우려에 대해 설명했다.

국왕의 용안이 대번에 어두워졌다.

"그냥 넘겨들을 사안이 아니구나."

"예. 그래서 상무사로 하여금 양곡 수입량을 대폭 늘리라는 지시를 해 두었습니다."

"잘했다. 북방에 대기근이 발생하면 우리도 그냥 빗겨 가지는 않을 게다. 그러니 비축미도 대량으로 확보하고, 통조림 생산도 크게 증대시키도록 해라. 통조림은 몇 년씩 보관해도 문제가 되지 않는다면서?"

"그렇사옵니다. 그래서 통조림을 대량으로 생산하라는 지시도 해 놓았사옵니다. 아마도 대기근이 우리에게 여파를 미친다면 비상식량으로 통조림이 큰 역할을 할 것이옵니다."

"잘 결정했다. 백성은 나라의 근본이다. 그런 백성을 위하는 일이라면 어느 하나 허투루 여기지 않고 최선을 다해야 한다."

"명심하겠사옵니다."

국왕이 세자에게 보고 있던 책자를 넘겼다.

"금년에 설립된 대학에 관한 보고서다. 너도 한번 살펴보도록 해라."

내치와 외정을 분리한 이후 세자는 의식적으로 내치에 관한 일을 멀리했다. 그러다 보니 대학 출범에 관해서도 일부러 한발 물러서 있었다.

세자가 보고서를 훑듯이 넘겼다.

"다행이네요. 처음 학생을 받아서 걱정했는데, 이 정도면 별다른 문제가 없다고 봐도 되네요."

"과인이 봐도 그렇다. 국공립대학이 이처럼 순조로운 출발을 보이는 걸 보니, 내년부터 개교할 사립대학도 기대가 되는구나."

"아바마마께서 사립대학 개교를 내년으로 미룬 것이 최선의 결정이었사옵니다. 그리고 상무사의 보고에 따르면 상단에서도 대학을 설립하려는 움직임이 있다고 하옵니다."

국왕의 용안이 커졌다.

"오! 그런 움직임이 있단 말이더냐?"

"예, 아바마마. 금년부터 대부분의 대형 상단이 법인으로 전환되었습니다. 세법도 대폭 강화되었고요. 세법이 강화되면 법인이나 상단이 부담해야 할 세금도 따라서 증대됩니다. 그런 부담을 경감하기 위해 많은 상단이 대학 설립을 검토한다는 보고이옵니다."

국왕이 언짢은 표정을 지었다.

"상단들이 편법을 강구하고 있단 말이냐?"

"편법은 아니지만, 세법을 최대한 활용하려는 것은 맞습니다. 그리고 그러한 상단의 움직임은 결코 나쁘지 않습니다."

국왕이 우려했다.

"나라의 미래를 위해서는 대학이 많이 설립되어야 하는 건 맞다. 하지만 설립 취지가 불손한 대학에서 학생들이 학문을 제대로 배울 수 있겠느냐?"

"성려하지 않으셔도 되옵니다. 사학 재단은 엄격한 잣대로 설립되어 공정성이 확보됩니다. 그리고 상단이 대학을 설립하게 되면 학교 재정이 그만큼 튼튼하게 되어서 적극 권장할 사항입니다."

"그렇기는 하다만."

"우리 조선은 유학과 관련된 철학자는 차고 넘칩니다. 그러나 현실 경제를 이끌어 나갈 경제학자나 과학자들은 턱없이 부족한 게 현실입니다. 그런 상황에서 상단이 대학을 설립하면 그런 부분을 크게 육성할 수 있을 것이옵니다. 그리고 상무사에서도 상과대학과 공과대학을 별도로 설립할 예정입니다."

국왕이 놀랐다.

"상무사도 대학을 설립하겠다는 말이더냐?"

"그러하옵니다. 소자는 그렇게 설립된 두 대학을 세계 최고로 육성하고 싶사옵니다."

국왕이 즉석에서 제안했다.

"좋은 생각이다. 그런데 그런 일은 상무사에서 추진할 게 아니라 아예 왕실에서 설립하면 좋지 않겠느냐?"

세자가 고개를 저었다.

"왕실이 나서면 다른 대학이 상대적인 박탈감을 느낄 수 있사옵니다."

"상대적인 박탈감이라니? 그게 무슨 말이냐?"

"대학이 설립되면 나라에서 일정 금액의 지원을 해 주어야합니다. 그런데 왕실에서 대학을 설립하면 조정에서는 분명 조금이라도 더 많은 지원을 하려고 할 겁니다. 그리되면 대학 출범 초기부터 공연한 시빗거리가 발생할 우려가 있사옵니다."

국왕이 크게 고개를 끄덕였다.

"무슨 말인지 알겠다. 헌데 상무사가 대학을 설립해도 그런 문제가 생기지 않겠느냐?"

세자가 고개를 저었다.

"상무사가 설립할 대학은 나라의 재정 지원을 일절 받지 않을 계획입니다. 그뿐 아니라 대학 재정을 충분히 확보해 모든 학생을 기숙사에 수용시킬 것이고 등록금도 받지 않으려고 합니다."

국왕이 놀랐다.

"모든 학생을 무상교육 한단 말이냐?"

"예. 상무사가 대학을 설립하려는 취지가 최고의 인재를 양성하기 위해서입니다. 그리고 상무사가 설립했다는 것만으로도 인재가 몰려올 건 불문가지이고요. 그래서 다른 대학의 불만 제기를 없애기 위해 아예 대대적인 장학 혜택을 제공하려는 것입니다."

국왕이 즉각 동조했다.

"좋은 생각이다. 인재 육성을 위해 상무사가 그런 지원을 해 준다면 아주 좋은 모범 사례가 될 것이다."

"황감하옵니다. 그리고 왕실에서는 각 대학의 추천을 받아 왕실 장학금을 지급하시옵소서."

국왕이 크게 기뻐했다.

"오! 그거 좋은 생각이구나. 내수사 자금이 투입된 투자은행에서 수익이 발생하면 일정 금액을 장학금으로 지급하도록 장치를 마련하마."

"성은이 망극하옵니다."

이렇듯 북방 교란작전은 망외의 성과를 거두며 성공했다. 그런데 이 북방 교란작전으로 인해 의외의 지역에서 의외의 상황이 발생했다.

개혁군주

알피만피

표트르대제는 시베리아가 다른 대륙과 연결되어 있다는 구전을 확인하고 싶었다. 그리고 그 땅을 차지하고 싶어 1725년 베링(Bering)을 파견했다.

상트페테르부르크를 출발한 베링은 3년 만에 캄차카반도에 도착한다. 이후 몇 개월 동안 배를 만든 베링은 항해에 나선 끝에 시베리아가 육지와 연결되지 않았다는 사실을 발견한다.

그리고 10여 년 후.

베링은 캄차카 요새에서 다시 탐험에 나섰으며 알래스카를 발견했다. 그러나 그는 안타깝게도 조난을 당해 병으로 죽고 만다.

다행히 그의 선원들은 귀환해 알래스카의 존재를 세상에 알렸다. 러시아는 그렇게 발견한 알래스카를 1741년 지사를 보내 통치를 시작했다.

그러나 이러한 통치는 그저 형식적이었다.

그러던 1799년.

무역상 니콜라이 레자노프(Nikolay Rezanov)가 러시아-아메리카회사를 설립한다. 이 회사는 러시아 황제 파벨 1세로부터 20년간 북미의 모든 거점에 대한 운영과 사업 독점 면허권을 받는다.

이로써 러시아-아메리카회사는 러시아 정부를 대신해 알래스카를 포함한 북미 대륙을 식민지로 삼을 수 있는 자격을 얻게 되었다.

알래스카 환경은 혹독하다.

그럼에도 러시아-아메리카회사가 세워지면서 인구도 차츰 늘어났다. 인구가 늘어나면서 개척은 탄력을 받았으나 문제는 식량이었다.

동토의 알래스카에서는 농사를 짓지 못한다. 그래서 본토에서 양곡을 공급받으며 사냥과 어로로 생활해야 했다.

그런 상황에 문제가 생겼다.

니콜라이 레자노프가 이마를 찌푸렸다.

"그게 무슨 말인가? 캄차카에서 배가 넘어오지 않고 있다니."

회사 부대표인 알렉산드르 바라노프가 심각한 표정으로 고개를 저었다.

"저도 어떻게 된 영문인지 모르겠습니다. 약속된 날짜에서 한 달이 지났는데도 배가 들어오지 않고 있습니다."

니콜라이의 표정도 굳어졌다.

"지금까지 이런 적이 한 번도 없었는데, 어떻게 된 일이지?"

"아무래도 캄차카반도의 요새에 무슨 문제가 발생한 거 같습니다."

이들이 말하는 캄차카반도의 요새는 베링이 만든 요새다. 캄차카 요새는 반도의 동쪽에 있어 알래스카와의 거점으로 이용해 왔다.

그런 거점이 지난겨울 카자크와 북방여단의 공격으로 완전히 파괴되었다. 그렇게 파괴된 여파가 북태평양 건너로 이어지고 있었다.

니콜라이 레자노프와 회사 간부들은 알래스카에 만족하지 않았다. 이들은 많은 모피와 양곡을 얻을 수 있는 새로운 땅을 개척할 계획을 세웠다.

그래서 준비를 갖춰 본격적으로 남쪽으로 진출하려 했다. 그러한 계획이 시작도 못 하고 불발될 상황이 발생한 것이다.

이바노프가 주먹을 움켜쥐었다.

"이런 젠장! 하필이면 왜 이렇게 중요한 시기에 문제가 발생한 거야."

알렉산드르 바라노프도 동조했다.

"그러게 말입니다. 금년부터 남쪽을 본격적으로 개척하려고 했는데, 이러면 계획에 큰 차질이 생기게 되었습니다."

"으음! 식량이 없으면 쉽게 움직이지 못하는데, 큰일이구나."

"어떻게, 제가 직접 캄차카로 넘어가 볼까요?"

니콜라이의 안색이 흐려졌다.

"북태평양을 건너려면 최소한 십여 일이야. 왕복하면 적어도 한 달여가 걸릴 터인데, 직접 넘어가 보겠다는 거야?"

러시아-아메리카회사는 알래스카 본토에 있지 않았다. 알래스카의 꼬리처럼 늘어진 부분에 있는 배러노프 섬의 싯카 (Sitka)가 본거지였다.

이들이 캄차카반도로 가려면 알래스카 해안을 따라 북태평양을 가로질러야 한다. 그럼에도 알렉산드르 바라노프가 적극적으로 나섰다.

"이대로 마냥 기다리다가는 회사 업무에 막대한 지장을 초래할 수밖에 없습니다. 당장 식량 사정도 좋지 않을뿐더러, 지난 1년간 모은 모피도 넘겨주어야 합니다. 그런 업무를 할 사람은 저뿐이니 제가 직접 건너가 보겠습니다."

고심하던 니콜라이가 허락했다.

"좋아, 그렇게 해. 캄차카 요새가 주변의 원주민들과 문제가 생겼을 수도 있어. 그러니 기왕이면 전투와 사격에 능한 직원들을 차출해서 데리고 가는 게 좋겠어."

"그렇게 하겠습니다."

알렉산드르가 즉각 인원을 차출했다.

그러고는 만일에 대비한 준비를 하고서 본거지를 출발했다. 러시아-아메리카가 보유한 범선은 두 척인데, 그중 큰 500톤급을 이용했다.

알렉산드르 바라노프가 출발하고 사흘이 지났을 때였다. 아직 알래스카의 알류트 제도를 지나기 전이었는데, 두 척의 범선이 포착되었다.

알렉산드르 바라노프가 소리쳤다.

"이보게, 선장! 저기 전방을 봐. 배가 다가오고 있는데, 혹시 캄차카 요새에서 온 배가 아닐까?"

선장이 망원경을 들었다.

"아직은 마스트의 깃발이 확인되지 않습니다."

"두 척은 맞지?"

"예, 맞습니다."

알렉산드르가 기대감을 숨기지 않았다.

"지금까지 이 지역 바다를 항해하는 선박은 우리 러시아밖에 없었어. 저들은 분명 캄차카에서 넘어온 게 맞을 거야."

"그랬으면 좋겠습니다. 평상시와 달리 한 척도 아닌 두 척이니 선적 물량도 상당히 많겠습니다."

알렉산드르의 목소리가 높아졌다.

"당연히 그렇겠지. 지난해 아메리카 남부를 개척하겠다는 보고를 차르에게 올렸어. 아마도 저 배에는 우리에게 필요한 식량과 각종 생필품이 잔뜩 실려 있을 거야."

"하하하! 말씀만 들어도 기분이 좋습니다. 요즘 들어 요새 주민이 늘다 보니, 니콜라이 대표께서 식량 때문에 신경을 쓰시는 게 안타까웠습니다."

"나도 그게 걱정이 되었어. 그리고 이제는 물고기는 질려서 보기만 해도 비린내가 올라올 지경이야. 신선하지는 않더라도 육류를 마음껏 먹고 싶어."

"저도 마찬가지입니다. 이번에 식량 보급을 받으면 호밀로 만든 부드럽고 향긋한 빵을 원 없이 먹어 봤으면 좋겠습니다."

"곧 그렇게 될 거야."

이들은 다가오는 배를 보며 희망에 부풀었다.

그러나 맞은편의 사정은 전혀 달랐다.

오형인 제독은 개혁 초기 강화도 초지진의 수군만호였다. 그는 대양함대가 창설되었을 때 가장 먼저 수군에 자원했다.

그렇게 수군이 된 그는 대양함대에 복무하면서 많은 경험을 쌓아 왔다. 그러던 금년 초, 오형인은 세자의 부름을 받고 급거 상경했다.

오형인을 세자가 환대했다.

"어서 오세요, 오 제독."

오형인이 정중하게 군례를 올렸다.

"충! 오랜만에 뵙습니다. 세자 저하, 그간 별고 없으셨는지요?"

세자가 환하게 웃었다.

"하하! 나는 잘 지내고 있습니다. 제독님도 잘 지내시지요?"

"저하의 성려 덕분에 잘 지내고 있사옵니다."

"다행이네요. 우선 자리에 앉으시지요."

"황감하옵니다."

오형인이 자리에 앉자 내관이 차를 내왔다.

"먼 길을 오셨으니 목부터 축이세요."

"예, 저하."

세자가 차를 한 모금 마셨다.

"제주에 내려간 지 꽤 되었지요?"

"처음 대양함대를 창설할 때 내려갔으니 10여 년이 다 되어 갑니다."

"그렇군요. 대양함대는 별문제 없습니까?"

"요즘 태평양함대로 병력을 분산 배치하느라 조금 어수선

합니다. 하지만 상반기가 지나면 어렵지 않게 안정을 찾을 것입니다."

"함대 재편에는 문제가 없습니까?"

"문제가 전혀 없지는 않았습니다."

세자는 오 제독이 말한 문제를 먼저 언급했다.

"태평양함대로 신형 전함을 배정하라고 지시한 일로 불만이 있다는 말은 들었습니다."

오형인이 쓴웃음을 지었다.

"저하의 잘못이 아니옵니다. 누구든 관할하던 부분은 덜 나눠 주고 싶은 것이 인지상정입니다. 다행히 저하께서 앞으로 건조될 2천 톤급 전함을 우선 배정하겠다는 말에 그래도 고마워하고 있사옵니다. 거기다 신형 함포가 우선 배정되면서부터 환호하고 있고요."

"신형 함포의 위력을 경험해 보셨습니까?"

오형인의 목소리가 높아졌다.

"물론입니다. 신형 함포의 위력이 그토록 대단할 줄 몰랐습니다. 신형 함포에 포가가 달려 있어서 재장전과 포격은 물론이고 포격 후의 사고도 예방할 수 있어서 포수들이 너무들 좋아합니다."

세자가 흐뭇한 표정을 지었다.

"다행이네요. 후장식 대포는 연발 사격이 가능해서 해전에 크게 도움이 될 겁니다."

"맞습니다. 특히 새로 개발된 포탄의 위력이 무시무시해서 놀랐습니다. 더구나 포탄의 종류가 다양해 적재적소에 사용하면 놀라운 성과를 보일 게 분명합니다."

"맞는 말씀입니다."

두 사람은 한동안 신형 함포와 포탄을 놓고 토론을 벌였다. 그러면서 오형인은 세자의 해박한 군사 지식에 놀랐으며, 세자는 그의 열정에 흐뭇한 표정을 감추지 않았다.

"오늘 오 제독을 따로 부른 건 새로운 임무를 맡기기 위함이에요."

오형인이 긴장했다.

"어떠한 임무도 맡겨만 주십시오. 세자 저하의 명이시라면 아무리 어려운 일이라도 즐거이 감당하겠사옵니다."

"고마운 말씀이네요."

세자가 찻잔을 비웠다.

"태평양함대가 그동안의 준비 과정을 마치고 이번에 본격적인 출범을 합니다. 태평양함대가 얼마나 중요한지는 오 제독도 잘 아실 거예요. 그래서 나는 이렇게 중요한 함대를 오 제독이 이끌어 주셨으면 해요."

오형인이 감격했다.

"태평양함대의 중요성을 모르는 사람은 아무도 없습니다. 그런 함대를 소장에게 믿고 맡겨 주셔서 감사합니다. 세자 저하의 기대에 분골쇄신으로 보답하겠사옵니다."

오형인이 굳은 표정으로 거듭 다짐을 했다.

그런 오형인을 세자가 따듯하게 바라봤다.

"나는 우리 조선군 지휘관들의 역량을 믿어요. 그런 지휘관 중 육군의 백동수 사령관과 함께 수군의 오형인 제독을 눈여겨보고 있다는 점을 잊지 마세요. 오 제독은 육군과 수군이 분리될 때 가장 먼저 수군에 지원한 무관이잖아요."

오형인이 감격했다.

"그걸 아직까지 기억하고 계셨습니까?"

"당연히 기억하고 있지요. 오 제독은 다른 무관들이 망설일 때 조금의 주저도 없이 수군을 지원했어요. 그런 오 제독을 보며 많은 무관이 수군을 선택했고요. 지금의 우리 조선이 이렇게 대규모 함대를 운용할 수 있게 된 것은 오 제독의 그런 용기 덕분이지요."

오형인은 감격했다.

"아아! 저하께서 그렇게까지 생각하고 계실 줄은 몰랐습니다. 소장은 그저 소신에 따라 지원했을 뿐이옵니다."

"고마운 일이었지요. 그렇다고 해서 일부러 특진을 시켜주지도 않았습니다. 그럼에도 오형인 제독은 차곡차곡 단계를 밟아 가며 승진해서 제독이 되었고요. 그런 오 제독의 성실성을 높이 사서 이번에 태평양함대 사령관의 임무를 맡긴 겁니다."

오형인이 자세를 바로 했다.

"태평양함대는 세자 저하께서 수립하신 북태평양 계획의 핵심입니다. 소장은 직을 수행하는 그날까지 분골쇄신하겠습니다."

"고맙습니다. 나는 오 제독을 믿습니다."

세자가 손을 내밀었다. 오형인은 절도 있지만 공손하게 그 손을 마주 잡았다.

세자가 몇 가지 특명을 내렸다.

"하와이제도에서 뻗어 나간 제도가 있어요. 규모는 작지만, 태평양의 중심인 전략적 요충지지요. 그 제도의 영유권을 이번에 확실하게 확보하세요. 그리고 본국의 영토인 마리아나제도와 연계되는 섬들도 확보하고요."

"원주민이 있더라도 말입니까?"

"그래요. 추후에 돌려주는 한이 있더라도 우선은 확보하세요. 그래야 서양 제국이 태평양 중심부로 진출하지 못합니다."

"북태평양 패권을 위해 그 지역을 우리가 확보해야 한다는 말씀이군요."

"그래요."

"알겠습니다."

"그리고 북태평양 연해를 철저하게 감시 감독하세요. 그러면서 러시아 선박의 항행을 되도록 저지하세요."

"저지라면 통행을 금지하라는 말씀이옵니까?"

세자가 단호히 명령했다.

"아예 수장시켜요!"

"그렇게 해야 하는 연유가 있사옵니까?"

"장기적인 관점으로 봤을 때 우리는 알래스카를 확보해야 합니다. 그래야 본토와 북미 대륙의 연결 고리가 생깁니다. 그러기 위해서는 러시아 선적의 배가 북태평양을 항해하지 못하게 해야 해요."

오형인의 눈을 빛냈다.

"그렇게 압박하면서 러시아가 알래스카를 포기하게 만드시려는 것이군요."

"그래요. 우리의 교란 정책으로 북방은 계속해서 문제가 발생할 거예요. 그러면서 장기간 알래스카가 고립되면 러시아는 분명 결단을 내리게 될 거예요. 그 시기를 노려 우리가 알래스카를 확보할 생각이에요."

"러시아가 알래스카를 우리에게 넘겨주지 않을 수도 있지 않습니까?"

세자가 고개를 저었다.

"알래스카는 동토예요. 그런 알래스카와 접한 나라는 영국과 우리밖에 없어요. 러시아가 지금은 나폴레옹 때문에 영국과 손잡고 있지만 절대 영국이 커지는 걸 바라지 않아요."

"무슨 말씀인지 알겠습니다."

이후 두 사람은 북태평양 지도를 놓고서 한동안 의견을 나누었다. 그런 두 사람의 목소리는 자신감으로 충만해 있었다.

❁

특명을 받고 하와이에 부임한 오형인은 수시로 소함대를 이끌고 항해에 나섰다. 그러던 오늘, 드디어 알래스카 연안에서 범선과 조우했다.

오형인 제독이 망원경으로 다가오는 범선을 살펴봤다. 그런 그의 시선이 중앙 마스트에 걸린 러시아 깃발에 멈추었다.

동시에 통신 무관이 소리쳤다.

"함장님! 전방의 범선이 러시아 선적입니다!"

함장이 소리쳤다.

"여기는 러시아 해군이 올 수 있는 바다가 아니다! 그러니 선미에 무슨 깃발이 걸렸는지도 확인해 봐라! 이 바다를 항해하는 러시아 배라면 분명 러시아-아메리카회사 소속일 거다!"

함장의 예상이 맞았다. 선수에서 망원경으로 전방을 살피던 통신 무관이 소리쳤다.

"함장님, 러시아-아메리카회사 소속이 맞습니다! 선미에 그 회사의 깃발이 걸렸습니다!"

함장이 고개를 돌렸다.

"제독님, 어떻게 하면 좋겠습니까?"

오형인은 조금도 주저하지 않았다.

"격침해라! 이 바다를 우리의 내해로 만들기 위해서는 철저하게 차단해야 한다! 더구나 러시아-아메리카회사는 알래스카의 독점 면허권을 갖고 있는 회사이니 더 볼 거 없다!"

"알겠습니다! 마침 새로 개발된 함포도 장착했으니 반드시 격침하겠습니다!"

함장이 소리쳤다.

"전투를 준비하라! 목표는 전방의 범선이다!"

땡! 땡! 땡! 땡!

함장의 지시가 떨어졌다. 거기에 따라 각 부분의 무관들이 소리치며 승조원을 독려했다.

"통신 무관! 후미함에 즉각 신호를 보내라!"

"전투준비! 포문을 열고 함포를 개방한다!"

"돛을 최대한 펼쳐라! 적의 도주를 차단하라!"

"급속 변침에 대비해 갑판의 물건을 고정하라!"

단 한 번의 전투준비 명령이었다. 그 명령에 배 전체가 완전히 바뀌는 건 순간이었다.

오형인은 바쁘게 뛰어다니는 승조원의 움직임을 매의 눈으로 살폈다. 그러다 이내 흡족한 미소를 지으며 크게 고개를 끄덕였다.

"훈련이 아주 잘되어 있어. 실전임에도 장병들의 움직임이 일사불란하다. 이 정도로 장병들의 움직이게 만들려면 최

함장이 고생 많았겠어."

함장이 고개를 숙였다.

"감사합니다, 제독님."

"아니야. 있는 그대로 말한 것이니 너무 그렇게 고개 숙일 필요는 없다. 그보다 저들이 도주할지 모르니 그 점을 조심하도록 해."

"염려 마십시오. 우리 함정은 전투에 최적화된 선형입니다. 저렇게 둥근 선형의 상선은 그물에 걸린 고기일 뿐입니다. 더구나 크기도 500여 톤이어서 딱 좋은 먹잇감입니다."

오형인은 함장이 너무 자신만만해하는 모습을 보고 주의를 주려고 했다. 그러나 함장의 전투력을 저하시킬 우려가 있다는 생각에 마음을 바꿨다.

"최 함장이 자신만만해하는 모습이 보기 좋다. 그러나 실전이라는 사실을 잊지 않도록 해."

함장도 말을 하고는 자신이 너무 앞서갔다는 생각이 들었다. 그런데도 그런 자신을 지적하지 않고 격려해 주자 목소리에 힘이 들어갔다.

"제독님의 기대에 반드시 부응하겠습니다."

오형인은 자신의 속내를 알아챈 함장의 인사에 입꼬리가 올라갔다.

"그래, 열심히 해 봐. 최 함장의 능력이라면 분명 좋은 결과를 얻을 수 있을 거야."

칭찬은 고래도 춤추게 한다고 한다. 오형인의 격려를 받은 함장은 대답 대신 주먹을 움켜쥐었다.

이러한 태평양함대의 맞은편.
러시아-아메리카 소속 범선은 발칵 뒤집혔다.
알렉산드르 바라노프는 오랫동안 북방에서 생활해 왔다. 그런 그에게 태평양함대의 마스트에 걸린 태극기는 생소했다.
"이런 제길! 우리 배인 줄 알았는데 그게 아니잖아. 그런데 저게 대체 어느 나라 국기이지?"
그의 질문에 함장이 고개를 저었다.
"저도 처음 보는 깃발입니다."
"으음! 아무 일이 없어야 할 텐데, 이거 어째 기분이 이상하게 좋지가 않아."
알렉산드르 바라노프는 왠지 모르게 기분이 좋지 않았다.
그런 불안감을 갖고 태평양함대를 바라보던 그가 놀라 소리쳤다.
"아니! 저게 뭐야. 전방의 함대가 전투준비를 하고 있잖아."
러시아 함장도 소리쳤다.
"큰일 났습니다! 저들이 전투준비를 하고 있어요! 부대표님, 이러고 있을 때가 아닙니다! 우리도 당장 전투준비에 들어가야 합니다!"

알렉산드르 바라노프가 화를 냈다.

"아니! 도대체 어느 나라 배인데 우리를 보자마자 싸우려고 하는 거야!"

함장이 다그쳤다.

"부대표님, 지금 그런 사정을 따질 계제가 아닙니다. 이대로 시간을 보내다 자칫 전투준비 시기를 놓쳐 실기할 수가 있습니다. 그러면 끝장입니다!"

"그래, 좋아! 우리도 전투준비를 하라."

러시아 함장이 소리쳤다.

"전투준비! 포문을 열고 함포를 개방하라! 승조원들은 각자 자신의 위치를 고수하라!"

함장의 지시를 받은 러시아-아메리카회사 선박도 정신없이 움직였다.

오형인은 망원경으로 그러한 상황을 포착했다.

"저들도 전투준비를 하는구나."

"그러게 말입니다. 생각 외로 대응이 빠릅니다."

"적함의 함장이 항해 경험이 많은 거 같다. 그러니 최대한 신경 써서 공격하도록 해."

"그렇게 하겠습니다."

오형인의 예상대로 러시아 선원들은 항해 경험이 상당했

다. 그런 선원들은 누구 한 사람 뒤로 물러서려 하지 않았다.

알렉산드르 바라노프가 이를 갈았다.

"너희가 어떤 놈들인지는 모른다. 그러나 우리가 절대 호락호락하지 않다는 걸 뼈저리게 깨닫게 될 거다."

선장도 거들었다.

"저들이 칼을 빼 들었다는 걸 두고두고 후회하게 만들어 주어야 합니다."

"그래. 감히 이 바다에서 싸우자고 덤비는 놈들을 절대 용서하면 안 돼."

이러는 동안 태평양함대가 다가왔다. 그러다 거리가 어느 정도 확보되자 급속 변침을 시작했다.

끼이익!

함대 전함이 급격히 방향을 틀었다.

선체가 기울어지자 오형인도 난간을 부여잡아야만 했다. 수면에 난간이 닿을 듯 기울어지던 선체는 변침에 성공하면서 가볍게 복원되었다.

오형인이 한숨을 내쉬었다.

"후! 한두 번 변침하는 것도 아닌데, 할 때마다 적응이 되지 않아."

함장이 호탕하게 웃었다.

"하하! 우리 전함의 복원력은 최상입니다. 아무리 변침이 심하다 해도 절대 뒤집히는 일은 없을 것입니다."

이 점은 오형인도 인정했다.

"그건 그래."

함장이 소리쳤다.

"변침에 성공했다! 측면 운행을 해야 하니 돛의 위치를 조정해라!"

십여 개가 넘는 돛이 일제히 방향을 틀었다. 거기에 따라 항해 속도가 급속히 줄어들면서, 선체가 다가오는 러시아 선박의 측면을 맞춰 나갔다.

그리고 어느 순간.

함장이 소리쳤다.

"발포하라!"

쾅! 쾅! 쾅! 쾅!

해상에서의 포격은 지난하다.

특히 너울이 심한 바다에서는 포격 지점을 잡는 것조차 쉽지 않았다. 그럼에도 오랫동안 훈련을 받아 온 태평양함대의 포수는 노련하게 포격했다.

그럼에도 초탄은 전부 불발이었다. 그런데 바다로 떨어진 초탄의 위력에 러시아가 크게 놀랐다.

펑! 펑! 펑! 펑!

태평양함대가 쏜 포탄이 적중하지는 못했지만, 물기둥을 하늘 높이 치솟게 했다. 그렇게 치솟은 물기둥이 갑판에 쏟아지며 물바다로 만들었다.

알렉산드르 바라노프가 놀라 소리쳤다.

"아니! 무슨 포탄이기에 저렇게 물기둥이 높게 솟는 거야?"

이 시대의 상선은 유사시에는 바로 전함으로 변모한다. 500여 톤의 상선이지만 측면에는 10여 문의 함포가 장착되어 있었다.

그 함포도 일제히 불을 뿜었다.

쾅! 쾅! 쾅! 쾅!

러시아의 대응도 즉각적이기는 했다. 그러나 대응은 빨랐지만 태평양함대를 타격하지 못했다.

그런데 놀라운 일이 일어났다. 러시아 함포가 발포되는 것과 때를 같이해 태평양함대의 함포가 2탄을 발사한 것이다.

그것을 본 알렉산드르 바라노프가 크게 놀랐다.

"아니, 저게 어떻게 된 거야? 어떻게 저렇게 빨리 포격을 할 수 있는 거야!"

그의 놀라움이 끝나기도 전에 포탄이 쏟아져 내렸다. 아쉽게 이 포격도 러시아 범선을 적중시키지는 못했다.

곧바로 세 번째 포격이 이어졌다.

아직까지 두 번째 포탄도 장탄하지 못하고 있던 러시아 범선은 그 빠르기에 경악했다. 그리고 이 포격 중 한 발이 러시아 범선의 측면을 때렸다.

꽈쾅! 꽝!

"으악!"

적중된 포탄의 위력은 대단했다. 알렉산드르 바라노프와 러시아 선원들은 뒤로 튕겨 날아갔다.

"으으! 무슨 포탄의 위력이 이렇게 강한 거야?"

바닥을 몇 번 구르다 겨우 멈춘 그는 신음하며 일어났다. 그런데 몸을 가눌 수가 없었다.

"어떻게 된 거야? 갑판이 왜 이렇게 기울어졌어?"

함께 뒤로 튕겨 나갔던 함장이 급히 소리쳤다.

"부대표님, 큰일 났습니다. 피격된 측면이 박살 났습니다. 지금 그리로 물이 쏟아져 들어오고 있습니다!"

"뭐야!"

알렉산드르 바라노프가 휘청거리며 난간으로 달려갔다. 그리고는 아래를 내려다보다 안타까워했다.

"아아! 저게 대체 어떻게 된 일이란 말이냐! 포격을 받은 선체가 저렇게 크게 파괴되다니!"

이런 말을 하고 있는 동안에도 뚫린 구멍으로 물이 쏟아져 들어왔다. 그것을 본 함장이 어쩔 줄 몰라 했다.

"큰일 났습니다. 저렇게 쏟아지는 물을 막을 수 없습니다."

알렉산드르가 소리쳤다.

"막아! 어떻게 해서라도 막도록 해! 막지 못하면 우리는 끝장이야!"

그의 말을 들은 양쪽 아래에서 누군가가 판자를 가져다 댔다. 그러나 강한 수압에 버티지 못하고 이내 판자가 휩쓸려 나갔다.

　이어서 몇 번이나 구멍을 막으려는 시도가 있었다. 그러나 그런 시도는 헛수고가 되었으며 갑판은 점점 더 기울어져 갔다.

　태평양함대는 이미 포격을 멈추고 있었다. 포격이 러시아 범선에 적중하면서 선체가 기우는 걸 확인한 오형인이 포격을 중지시켰기 때문이다.

　태평양함대 기함의 함장이 나섰다.

　"제독님, 오래 버티지 못할 거 같습니다."

　오형인도 동의했다.

　"그래. 저 상태라면 침몰하는 건 시간문제겠어."

　"저들이 곧 탈출을 시도할 터인데, 어떻게 조치하면 되겠습니까?"

　잠시 망설이던 오형인의 표정이 굳어졌다.

　"포로는 없다. 안타깝지만 수장시키도록 해."

　"그러면 추가 포격을 시행하겠습니다."

　"……그렇게 해."

　태평양함대 기함이 천천히 접근했다.

　러시아 범선은 그저 바라보기만 했다. 이미 선체가 상당히 기울어 대응 포격을 할 수 없었다.

　그렇다고 소총을 사용할 수도 없었다. 혹시 상대가 자신들을 구조하러 왔을 수도 있기 때문이다.

이렇게 러시아 선원들은 일말의 희망을 품었다. 그러나 이러한 희망은 이내 절망으로 바뀌었다.

누군가 소리쳤다.

"저들이 포격하려 한다!"

"피해라!"

"아악! 이 살인자들!"

러시아 선원들은 혼비백산 몸을 숨겼다. 그런 선원 중 몇 명은 바다로 뛰어내렸다.

알렉산드르 바라노프는 움직이지 않았다. 그런 그는 절망 감이 가득한 표정으로 함포를 바라봤다.

쾅! 쾅! 쾅! 쾅!

10여 문의 함포가 일제히 불을 뿜었다. 그렇게 쏘아진 함 포 대부분이 러시아 범선에 적중되었다.

꽈쾅! 꽝! 꽝!

러시아 범선이 박살 나며 쪼개졌다. 쪼개진 범선은 선수와 선미가 들리더니 그대로 바다로 빨려 들어갔다.

배가 수장되면서 십여 명의 러시아 선원들이 바다에 떠 있 었다. 그러나 그들도 얼마 지나지 않아 전부 사라졌다.

기함의 함장이 선언했다.

"승리했다! 적을 섬멸했다!"

무관들이 두 팔을 번쩍 들었다.

"이야! 이겼다!"

이어서 승조원들이 두 팔을 들어 환호했다.

"만세! 만세! 만만세!"

오형인은 착잡한 표정을 지었다.

바다에서는 적군이라도 조난을 당하면 구조해야 하는 게 불문율이다. 그런데 대항할 수 없는 적을 무차별 포격으로 몰살시킨 것이다.

기함의 함장도 그래서 일부러 큰 소리로 승리를 선언하였고 무관들이 따랐다. 여기에 승조원들이 호응하며 만세를 연호했다.

오형인이 다짐했다.

'그래, 우리가 악마가 되자. 우리 조선이 이 바다의 주인을 되기 위해서라면 내가 가장 먼저 불칼을 들고 악귀가 될 것이다.'

이런 생각을 하며 팔을 번쩍 들었다.

"조선 만세! 대조선국 만만세!"

오형인의 연호에 모두가 호응했다. 그런 모두의 외침이 온 바다 끝까지 퍼져 나갔다.

북방 교란작전의 여파가 북태평양까지 영향을 끼치고 있었다. 그리고 그 여파는 다른 곳에서도 큰 변수로 작용하며 일파만파가 되고 있었다.

개혁군주

세자비서실

세자가 외정을 전담하면서 보좌 조직이 대폭 보강되었다. 국왕의 윤허를 받아 신설된 보좌 조직을 세자는 비서실로 명명했다.

세자비서실이 설치된다는 소식에 조정이 들썩였다. 사람들은 세자의 비서실이 어떤 위치인지 누구보다 잘 알고 있었다.

미래권력의 핵심이 될 비서실 인선에 관심이 모일 수밖에 없었다. 그러나 이런 관심은 세자의 빠른 결정에 이내 수그러들었다.

세자는 오래전부터 유생을 양성해 왔다.

그런 유생들은 몇 년 전부터 속속 과거에 급제하며 기대를 저버리지 않았다. 여기에 육군과 수군무관학교 출신도 대거 양성되었다.

세자는 이런 무관학교 출신 중 추천을 받아 인재를 선발했다. 그리고 그동안 양성해 온 유생들을 대거 비서실로 배치했다.

이뿐이 아니었다.

개혁인사들도 전격 발탁했다. 이런 인사들이 모이면서 세자비서실은 개혁의 산실이 되었다.

세자비서실은 현대식 체계를 도입했다.

수석비서관체제로 운영되었으며 외교, 국방, 무역, 개척, 개혁 등으로 나뉘었다. 비서실 업무가 이처럼 세분되면서 개혁추진에 큰 도움이 되었다.

비서실은 매일 현안을 보고했다.

이날도 여느 날처럼 현안 보고가 이어졌다. 그런 보고 중 외교 수석의 보고에 세자가 놀랐다.

"백련교가 대대적인 공세를 펼치고 있다고요?"

외교 수석 서유구(徐有榘)가 보고했다.

"그렇사옵니다. 1년여 소강상태를 보이던 전황이 백련교의 총공세로 전황이 급속히 기울고 있다고 합니다. 그리고 그동안 청나라에 적극 협조하던 장족(壯族)이 백련교와 손을 잡으려고 한다는 보고도 올라왔습니다."

세자가 놀라 다시 확인했다.

"장족이라면 전투력이 강하기로 소문난 부족 아닙니까?"

개혁군주

"그렇사옵니다."

"허어! 의외의 상황이 발생했군요. 장족은 그동안 백련교의 활동에 상당히 비판적이라는 보고를 받았는데, 반전이 일어나고 있네요."

서유구의 보고가 이어졌다.

"비원에서도 의외라는 분석이었습니다. 그런데 그러한 변화가 북방 교란작전의 여파라는 분석이옵니다."

세자의 눈이 커졌다.

"비원에서 그런 분석이 나왔다고요?"

"그러하옵니다. 북방 교란작전의 여파로 외몽골의 오리아소 대장군과 북만주의 흑룡강 장군이 파직되지 않았습니까?"

"그랬지요."

"청국에서 만주족의 장수, 특히 변방을 지키는 오대 장군을 파직한 경우는 이번이 처음이라고 합니다. 그만큼 치욕적이라는 의미이고요. 그래서 두 장군의 출신 팔기에서 상당한 불만을 청국 황실에 제기했다고 하옵니다. 그런 팔기의 불만을 무마하기 위해 청국은 전임자 팔기 출신 장수를 장군으로 임명했고요."

세자도 아는 부분이었다.

"어쩔 수 없는 선택이었을 거야. 지금 같은 어수선한 시기에 만주족이 내부 분열을 일으키면 큰일이니 말이야."

"그러하옵니다. 그런데 새로 임명된 두 장군이 문제를 일으켰습니다. 그들은 전임자의 실수를 만회하기 위해 무리한 징병을 했고, 그게 가뜩이나 좋지 않은 민심을 크게 이반시켰습니다."

세자가 고개를 갸웃했다.

"징병을 했어도 직례나 그 주변이지 않나? 그런 징병이 장족과 무슨 연관이 있다는 거지?"

"그렇지 않습니다. 직례 주변은 이미 몇 차례 징병을 해서 인적자원이 거의 고갈되었다고 합니다. 그래서 두 장군은 내무부의 도움을 받아 광서성의 장족을 대상으로 징병을 했다고 합니다."

세자가 어이없어했다.

"그게 무슨 말이야? 아무리 전투력이 강하다고 해도 장족은 남방부족이다. 그런 장족을 징병해 북방으로 데리고 가려하다니."

"누가 봐도 어이없는 일이지요. 그런데 문제는 그런 징병계획을 청국 황제가 승인했다고 합니다. 그뿐이 아니라 특별히 금군까지 광서로 파견해 장족을 징병하게 했고요. 그렇게해서 1만에 가까운 병력을 징병해, 대운하를 통해 북방으로 올려보냈다고 합니다."

세자가 연신 고개를 저었다.

"이거 정말 의외의 경우네. 청나라가 이민족을 징병한 적이 없지 않아?"

"초기에 만주에서 거병할 때는 우리 조선족도 받아들인 경우가 있었습니다. 그러나 대륙을 통일한 이후에는 몽골족과 한족을 제외한 이민족을 별도로 징병한 경우는 없습니다."

옆에 있던 비서가 부연 설명했다.

"옹정황제 때 운남에서 발생한 오몽의 반란을 진압할 때 향용을 모집한 적이 있었습니다. 그때 1만을 모집했는데, 당시 장족 수백 명이 자원한 적은 있었습니다. 그러나 이내 해산했기 때문에 실제 전투에 참여하지는 않았다고 합니다."

이어서 담당 비서관들이 장족과 강남의 상황을 연이어 보고했다.

보고를 받은 세자는 어렵지 않게 상황을 파악했다.

"무리한 징병이 장족 전체의 반발을 불러일으켰다는 말이구나. 더구나 장족으로서는 앞으로 추가 징병이 있을 것을 두려워했을 터이고."

"바로 보셨습니다. 이번 징병은 청국으로 봤을 때는 성공입니다. 1만 명이라면 흐트러진 북방을 수습할 수 있을 테니까요. 그러나 장족에게는 최악의 상황에 직면하게 된 거고요. 그런 틈을 백련교가 비집고 들어가면서 새로운 변수가 발생한 것입니다."

"장족이 반란에 가담해도 문제가 되지 않겠어. 북방으로 올라간 병력이 인질이 될 수도 있잖아."

"그럴 가능성도 없지는 않습니다. 하지만 강남에서 가장

큰 이민족인 장족입니다. 그런 장족이 청나라에 등을 돌렸다
는 사실 자체가 대단한 변수이옵니다."

세자도 이 점에는 동조했다.

"옳은 지적이야. 백련교가 장족과 연합할 수만 있다면 등
뒤를 걱정하지 않아도 돼. 거기다 병력까지 동원할 수 있다
면 강남 평정은 시간문제가 될 거야."

서유구가 정리했다.

"저하의 말씀을 비원에 전하겠습니다."

"그렇게 해. 그리고 백련교의 지휘부를 만나 필요하다면
우리가 적극 지원하겠다는 말을 전하도록 하고."

"알겠습니다."

이어서 대책 논의가 이어졌다.

논의가 끝나자 비서들이 돌아갔고, 대기하고 있던 박종보
가 들어왔다.

"어서 오세요, 외숙."

박종보가 흐뭇한 표정을 지었다.

"비서실의 면면은 언제 봐도 흐뭇합니다. 그런데 오늘의
보고가 의외로 길었습니다."

"청국 강남의 장족이 백련교와 손을 잡으려 한다고 하더군
요. 그래서 그 대책을 논의하느라 보고가 길어졌습니다."

"그러셨군요."

이어서 상무사의 보고가 이어졌다.

그런 보고의 말미에 세자가 확인했다.

"상해 개발에 문제가 있다는 보고는 없었습니까?"

"아직까지 별다른 보고는 없습니다. 아! 그러고 보니 비서실의 오늘 보고와 연관이 있는 일이 하나 있습니다."

세자가 큰 관심을 보였다.

"무슨 일이지요?"

"지금까지 별다른 관심을 보이지 않던 외국 상인의 이주 신청이 갑자기 늘어났다고 합니다. 특히 영국과 프랑스가 경쟁하듯이 신청서를 접수했다고 합니다. 그런 영향을 받아서인지 다른 국가들도 속속 참여를 타진하고 있고요."

"상해 개발이 2년째입니다. 그동안 항만과 부대시설이 상당 부분 갖춰지고 있어서 본격적인 관심을 보이는 것일 겁니다."

"그렇게 보면 그렇습니다. 하지만 영국을 생각해 보십시오. 영국은 우리의 상해 개발을 탐탁지 않게 생각하고 있던 대표적인 나라입니다. 그런 영국이 태도를 바꿨다는 건 그만큼 상해의 위상이 높아졌다는 의미가 아닐는지요. 아울러 강남의 상황도 상당한 변화가 발생하였고요."

"그럴 수도 있겠네요."

"상해를 대륙의 관문으로 만들려는 우리로서는 절호의 기회를 잡은 듯하옵니다."

미래를 알고 있는 세자였다. 그래서 박종보의 의견에 웃으면서 동조했다.

"하하하! 외숙의 말씀대로 좋은 기회인 건 맞아요. 그러나 상해는 무조건 발전할 수밖에 없는 지역입니다. 그러니 너무 일희일비하지 마세요."

"그러나 백련교가 건국하기 전에 상해 상권이 자리를 잡는 게 우리로서는 최선 아니겠습니까?"

"그건 맞습니다."

박종보가 바람을 내비쳤다.

"비서실의 보고대로 장족이 백련과 손을 잡았으면 좋겠습니다. 그렇게 되면 광주 일대가 시끄러워질 터이고, 그러면 상해가 더욱 부각되지 않겠습니까? 저는 이번 기회에 광주에 상관을 열고 있는 서양 제국들이 전부 올라왔으면 좋겠습니다. 더불어 남방과 인도는 물론 중동 국가들도요."

세자가 격하게 동조했다.

"그렇게만 되면 금상첨화지요."

이렇듯 북방 교란 정책은 여러 곳에서 변화를 불러오고 있었다. 그런 변화 중 알래스카는 결정적인 영향을 받고 있었다.

❀

알렉산드르 바라노프가 캄차카로 떠나고 한 달이 넘었을 때는 조금 늦나 보다고 생각했다. 그러나 하루 이틀 시간이 지나면서 싯카 요새는 점점 무거운 공기에 짓눌렸다.

회사 직원들은 점점 생기를 잃어 갔으며, 눈에 띄게 불안해했다. 회사 대표인 니콜라이 레자노프도 불안하긴 마찬가지였다.

그러나 그는 직원들을 다독이고 독려하며 배가 돌아오기만을 기다렸다. 그러나 아무리 기다려도 알렉산드르 바라노프는 소식이 없었다.

그렇게 두 달이 지난 8월 중순이 되었다.

연일 직원들을 격려하고 다독이던 니콜라이 레자노프도 한계에 도달했다. 다른 사람들보다 그가 받는 중압감은 훨씬 더 심했다.

그러나 대표라는 중책 때문에 참고 참던 그는 끝내 무너졌다. 그는 며칠째 종일 보드카를 마시며 업무를 보지 않았다.

그런 그를 보다 못한 간부가 나섰다.

"니콜라이 대표님, 그만 드세요. 이러다간 몸이 배겨 나지 못합니다. 그리고 당신만 바라보는 직원들을 생각하셔야지요."

쾅!

니콜라이가 주먹으로 탁자를 쳤다.

"누가 그걸 몰라서 그래? 답답하고 속이 끓어서 미칠 것 같아. 지금은 보드카를 마시지 않고는 견딜 수가 없어."

"속이 타기는 저도 마찬가지입니다. 그러나 술로 모든 일을 해결할 수는 없지 않겠습니까?"

"빌어먹을!"

휙! 깡!

니콜라이가 들고 있던 상무사의 주석 술잔을 벽에 던졌다. 그러고는 마른세수를 하며 속에 쌓인 분노를 조금이나마 해소하려 했다.

그러나 속이 더 탔다.

"하! 정말 큰일이구나. 아무래도 캄차카 요새가 문제가 생긴 거 같아. 그래서 배가 오지도 못했던 것이고, 넘어갔던 알렉산드르 바라노프도 일을 당한 것이 분명해."

"너무 절망적인 생각은 마십시오. 이제 겨우 두 달입니다. 아직은 기다려 봐야 하지 않겠습니까?"

니콜라이가 고개를 저었다.

"아니야. 알렉산드르 바라노프는 우리의 사정을 누구보다 잘 알고 있어. 그런 그가 캄차카에 도착했다면 벌써 돌아왔어야 해. 설령 자신이 오지 못할 문제가 생겼다고 하면 생필품이라도 보냈을 거야."

회사 간부도 그 점을 모르지 않았다.

"저도 그분의 성격을 왜 모르겠습니까? 그렇다고 해서 우리가 포기한다면 직원들은 어떻게 합니까? 그러니 대표님께서 대안을 찾아 주십시오."

니콜라이의 안면을 일그러트렸다.

"……대안? 지금 무슨 대안이 있단 말인가?"

"그렇다고 이대로 시간만 보낼 수는 없지 않겠습니까? 곧

개혁군주

가을이고 겨울입니다."

겨울이라는 말에 니콜라이의 표정이 대번에 달라졌다. 그는 술이 확 깬 얼굴로 한동안 고심했다.

그러던 그가 소리쳤다.

"그래! 이렇게 무너질 수는 없어, 차르께서 우리에게 건 기대가 얼마나 큰데! 포기할 바에야 남은 범선으로 남행을 시도해 보자!"

회사 간부의 얼굴이 환해졌다.

"잘 생각하셨습니다."

목표가 생기자 니콜라이는 그날로 보드카를 던져 버렸다. 그러고는 직원들을 독려해 남행 준비에 들어갔다.

러시아-아메리카회사의 본거지인 싯카에는 이백여 명의 러시아인이 거주했다. 그리고 이들을 돕고 있는 원주민도 백명 남짓 거주하고 있었다.

러시아인들은 대부분 가족과 함께했다. 그래서 실제 직원들은 절반이 겨우 넘는 정도였다.

그런 상황에서 알렉산드르가 원주민을 포함한 백여 명을 선발해 갔다. 그 바람에 니콜라이는 남은 직원과 원주민 대부분을 동원했다.

러시아-아메리카회사 범선은 300톤급뿐이었다.

니콜라이는 그 범선에 그동안 추가로 수집해 놓은 모피를 모두 선적했다. 남부로 내려가서 스페인과 교역해 식량으로 바꾸려는 계획 때문이었다.

"대표님, 출항 준비를 모두 끝냈습니다."

니콜라이가 선착장을 둘러봤다.

인원이 부족해 대부분의 직원과 원주민까지 배에 태워야 했다. 그로 인해 선착장에는 십여 명의 직원을 비롯한 여자들과 어린아이들만이 나와 있었다.

그들을 보니 절로 한숨이 나왔다.

"후! 저들을 위해서라도 이번에는 반드시 성공해야 한다."

"꼭 그렇게 될 겁니다."

니콜라이가 손을 들었다.

"출항하라!"

그의 명령에 따라 범선의 닻이 올라가고 돛이 일제히 펴졌다. 그렇게 항구를 빠져나온 러시아 범선은 남쪽으로 항해를 시작했다.

❀

지난 6월 하순.

러시아-아메리카회사의 범선을 수장시킨 오형인은 여세를 몰아 본거지를 공격하려 했다. 그러나 함대 참모의 권유로 계획을 바꿨다.

그 대신 북미개척단 본거지에 주둔해 있는 태평양함대 분견함대에 해상 감시를 맡긴 것이다.

분견함대는 네 척의 전함이 번갈아 임무를 수행했다.

북미개척단 본거지는 지금의 시애틀과 밴쿠버 일대였다. 분견함대는 밴쿠버 섬의 끝까지 오가면서 지속적으로 해상 감시를 실시했다.

이 시대의 항해는 해안을 끼고 운항한다. 그래야 심리적으로도 안정되고 만일의 사태에도 대비할 수 있기 때문이다.

그래서 분견함대는 어렵지 않게 해상 감시와 훈련을 겸했다.

이러한 해상 감시가 두 달 만에 빛을 발했다. 니콜라이가 승선한 범선이 밴쿠버 섬을 막 지날 무렵 분견함대에 포착된 것이다.

러시아 범선을 포착한 분견함대는 순식간에 접근해 포위했다. 그리고는 항복을 종용했다. 태평양함대와는 다른 방식을 취한 것이다.

항복 종용에 러시아 범선은 당연히 반발했다.

쾅! 쾅! 쾅! 쾅!

러시아 범선의 반발에 분견함대는 포격으로 대응했다. 좌우에서 쏘아 대는 분견함대의 포격에 러시아 범선은 제대로 대응을 못 했다.

그러다 한 발의 포격을 당하자 곧바로 항복하고 말았다. 조선 수군의 화력에 놀란 니콜라이가 무조건 항복을 선택했기 때문이다.

러시아 범선을 손쉽게 나포한 분견함대는 본거지로 견인했다.

군정장관 허원이 크게 치하했다.

"수고 많았네. 나포하는 데 문제는 없었나?"

분견함대 기함의 함장이 고개를 저었다.

"별문제 없었습니다. 저들의 배가 300톤급이어서 저항을 한다 해도 버티기 어려웠을 겁니다."

"인명 피해는?"

"우리는 없습니다만, 러시아에서는 십여 명의 사상자가 발생했습니다."

"수고하셨네."

기함의 함장이 우려했다.

"태평양함대에서는 러시아 선박을 보면 무조건 격침하라는 명령을 보냈습니다. 그런 명령을 무시하고 나포해도 문제가 되지 않겠습니까?"

허원이 약속했다.

"절대 그런 질책을 받는 일은 없을 터이니 신경 쓰지 말게. 그리고 설령 문제가 된다고 해도 내가 모든 책임을 지겠네."

"장관님께서 그렇게 말씀하셔서 나포해 오기는 했지만, 명령을 이행하지 않은 게 찜찜합니다."

"본국에 보고서를 보낼 때 오형인 사령관님께 따로 상황 보고를 할 거야. 그러니 걱정하지 말게."

"그렇게 배려해 주신다니 안심입니다."

"하하! 감사는 내가 해야지."

"그런데 저들을 나포해서 무엇을 하려 하십니까?"

허원이 싱긋이 웃었다.

"다 생각이 있으니 잠시 두고 보시게."

잠시 후, 참모장이 들어왔다.

"포로 중에 놀라운 사람이 타고 있었습니다."

"놀라운 사람이라니? 그게 누구야?"

"러시아-아메리카회사 대표인 니콜라이 레자노프라는 자입니다."

허원이 반색을 했다.

"오! 그거 아주 잘되었구나. 나는 배를 나포하고 나서 포로를 이용해 그를 만날 줄 알았는데. 당장 그자와 통역관을 데리고 오라."

"예, 알겠습니다."

지시를 받은 참모장이 급히 나갔다.

다음 권으로 이어집니다

만렙닥터 리턴즈

13월생 현대 판타지 장편소설

인생 2회 차 경력직 신입
칼솜씨도, 인성도 '만렙'인 의사가 돌아왔다!

만성 인력난에 시달리는 흉부외과에 들어온 인턴
메스도 잡아 본 적 없는 주제에
죽을 생명을 여럿 살려 내기 시작한다?

"이 새끼, 꼴통 맞네."
"죄송합니다."
"잘했어!"
"네?"

출세만을 좇으며 살았던 전생
이렇게 된 이상 인생도 재수술 한번 가자!

무대뽀(?) 정신으로 무장한 회귀 의사
이제부터 모든 상황은 내가 집도한다!

魔鬼帝 南宮馬帝 남궁마제

문운도 신무협 장편소설

회귀한 뇌왕, 가족을 지키기 위해
정파의 중심에서 제대로 흑화하다!

세상을 뒤집으려는 귀천성에 맞서 싸우다
가족을 모두 잃고 제물로 바쳐진 뇌왕 남궁진화
마지막 순간 원수의 뒤통수를 치고 죽으려 했으나
제물을 바치는 진법이 뒤틀리며 과거로 회귀하다!?

남궁세가의 양자가 된 어린 시절로 돌아온 후
귀천성이 노리는 자신의 체질을 연구하다 기연을 얻고
회귀 전과 다른 엄청난 미모와 함께
뇌전의 비밀마저 알아내 경지를 뛰어넘는데……

가족들에게는 꽃처럼 사랑스러운 막내지만
적이라면 일단 패고 보는 패악질의 끝판왕!
귀천성 때려잡기에 나서다!